O elo partido

E OUTRAS HISTÓRIAS

O elo partido

E OUTRAS HISTÓRIAS

Otto Lara Resende

editora ática

boaprosa

Esta edição possui os mesmos textos ficcionais das edições anteriores.

O elo partido e outras histórias

Diretoria de conteúdo e inovação pedagógica Mário Ghio Júnior
Diretoria editorial Lidiane Vivaldini Olo
Gerência editorial Paulo Nascimento Verano
Edição Camila Saraiva

ARTE
Ricardo de Gan Braga (superv.), Soraia Pauli Scarpa (coord.) e Thatiana Kalaes (assist.)
Projeto gráfico Thatiana Kalaes
Capa Thatiana Kalaes

REVISÃO
Hélia de Jesus Gonsaga (ger.), Rosângela Muricy (coord.), Brenda Morais e Gabriela Lubascher Miragaia (estags.)

ICONOGRAFIA
Sílvio Kligin (superv.), Cesar Wolf e Fernanda Crevin (tratamento de imagem)

Crédito das imagens Luciana Whitaker / Folha Imagem (quarta capa e p. 59); istockphoto.com (capa)

CIP-BRASIL. CATALOGAÇÃO NA FONTE
SINDICATO NACIONAL DOS EDITORES DE LIVROS, RJ

R341e

Resende, Otto Lara, 1922-1992
O elo partido e outras histórias / Otto Lara Resende. - [8. ed.] - São Paulo : Ática, 2015.
64 p. : il.

Apêndice
Inclui bibliografia
ISBN 978-85-08-17573-4

1. Conto brasileiro. I. Título.

15-25532 CDD: 869.93
CDU: 821.134.3(81)-3

Código da obra CL 739032
CAE 552842

2020
8ª edição
2ª impressão
Impressão e acabamento: Forma Certa

editora ática
Direitos desta edição cedidos à Editora Ática S.A., 1991
Avenida das Nações Unidas, 7221
Pinheiros – São Paulo – SP – CEP 05425-902
Tel.: 4003-3061 / atendimento@atica.com.br
www.atica.com.br

Algo em torno de nós

Há poucos escritores na literatura brasileira com a capacidade que tem Otto Lara Resende de nos transportar tanto para o íntimo de seus personagens como para os ambientes e as situações em que os coloca. À medida que lemos um conto seu, algo em torno de nós começa a ganhar vida. E já não nos encontramos mais em nossa sala, em nosso quarto, no lugar físico em que estamos com o livro nas mãos, mas sim naquele domínio no qual as palavras provocam uma imagem, e a imagem provoca uma sensação, onde vivenciamos com os personagens as agonias, físicas ou morais, e a perplexidade diante da dissolução de seus mundos.

A literatura é uma experiência de vida? É possível viver o que se lê? Sim, quando se trata de um conto de Otto Lara Resende. E nesta coletânea o leitor vai ser iniciado na obra do escritor por meio de uma amostra bem representativa de seu talento literário. Um escritor que conviveu com figuras que marcaram o cenário cultural do século XX no Brasil, que foi admirado por literatos pela agudeza de suas histórias, pela sua inteligência e pela elegância de seu estilo. Poucos escritores conseguiram, como Otto Lara Resende, obter tamanha concatenação entre forma e conteúdo, entre palavra e espírito.

Para onde somos levados pelos seus contos, então? Ora para a solidão de uma sedutora secretária ávida por companhia ("Todos os homens são iguais"), ora para uma perseguição em que o ser humano não reconhece sua crueldade e sacrifica indefesos animais à toa ("O gambá" e "Gato gato gato"). Também para o íntimo aflito de uma menina apaixonada, vivendo todo o seu ressentimento contra si mesma e contra a vida ("Namorado morto"), ou para o tenso reencontro entre dois irmãos que a vida separou ("O retrato na gaveta"). Podemos nos ver também desnorteados, junto com um homem que já não sabe quem é no mundo ("O elo partido"), ou agoniados, participando do dia a dia de um menino que acompanha os sofridos últimos dias de sua mãe enferma ("Mater dolorosa").

Em cada um dos contos, o autor testa nossa resistência a admitir a complexidade do mundo, os reveses da vida e as contradições da criatura humana. E tudo isso vem embalado numa linguagem fluente, sem dificuldades para a leitura, e em narrativas ágeis, com grande poder de capturar e manter nosso interesse.

De acordo com o escritor, o conto é a "suma de um momento ou de uma situação expressa em linguagem ficcional". Trata-se de um comentário sagaz e sutil – uma outra maneira de dizer que nada é completamente verdadeiro, assim como nada é completamente inventado. E que, em literatura, há sempre um tanto de cotidiano, de gente, de sentimento, os quais são transformados pela manipulação estética, que tem a força de nos invadir e nos tomar, como ocorre nestes contos.

Algo em torno de nós se solidifica ao lermos estas histórias. Algo dentro de nós se transforma. E nada explode, nada grita. Tudo repercute bem lá no fundo. Sob a pele. Sob os disfarces do cotidiano e da aparência. É nesse universo de leitura que você está prestes a entrar.

Os editores

Sumário

Otto Lara Resende com todas as letras

Todos os homens são iguais

Viu João três vezes. João não a viu. No quarto encontro, achou jeito de lhe falar a sós.

— Você é um homem diferente — disse ela, debruçando-se sobre a máquina de escrever.

João, julgando ver-se, viu-a pela primeira vez: o nariz fremente, o cabelo vulgarmente castanho, toda a sua fisionomia reclamando a atenção que não lhe dera. Uma moça como tantas outras. João escutou-a com benevolência, depois com interesse.

— É uma questão de fluido, entende? Você não tomou conhecimento de minha presença, mas eu sei quem você é — ela sorriu de boca fechada, os lábios ansiosos filtrando um esforço de comunicação.

— Uma questão de fluido — disse João, vagamente.

— Por que é que você nunca me deu a menor bola? Sei que não sou bonita, mas me considero uma moça interessante. Não tem importância se você não acha. Quando vi você pela primeira vez, entendi tudo. Tudo! Sei direitinho o que você é.

— Então me diga, pitonisa — João interrompeu-a, bem-humorado.

Evidentemente, ela estava um pouquinho encabulada. Tinha o que lhe dizer, e não se animava, submissa ao pudor ou às conveniências.

— Sou um homem a quem tudo se pode dizer — João encorajou-a, satisfeito com a fórmula.

— Eu sei. Olhe: isto nunca me aconteceu.

Pausa. Suas mãos de dedos longos — mãos bonitas — estariam impacientes, enfáticas. E seus olhos naturalmente apagados eram agora expectantes e lisonjeadores.

— Diga. Não tenha medo — João animou-a.

Ela:

— Medo, eu? De você? Nunca. Não sei não, mas eu gostaria tanto! Bom, é melhor não falar. Você vai fazer mau juízo de mim.

De pé, João a observava com espanto. Evitou olhá-la nos olhos. Fixou-se nas mãos, que pediram um cigarro e, nervosas, o acenderam.

— Se quiser, faça mau juízo. Vou dizer. Digo? Digo, sim. Você é diferente de todos os homens que já vi, dos que me cortejam. Outro dia, sabe? Foi outro dia mesmo. Sonhei com você, não é engraçado?

— Freud explica isso — João perturbou-se.

— Pois é. No dia seguinte, botei um vestido novo — aquele, amarelinho — para comemorar a minha felicidade. Preparei-me toda, e você não apareceu.

Ela baixou os olhos, amuada.

— Minha filha — disse João cavalheirescamente —, eu não mereço. É muita honra para um pobre marquês. — Depois, curioso: — Mas diferente como?

— Ora! Não é como os outros. Eu sinto — entende? — que não é. Seu jeito, seu olhar, tudo me diz. Pelo amor de Deus, não vá pensar que sou uma mulher leviana. Pode ser loucura minha, mas eu não agüentava mais, precisava lhe dizer essas coisas. Estavam aqui — e, erguendo a cabeça, apontou a garganta nua, o pescoço de tendões esticados. — Isso nunca me aconteceu. Pode pensar o que quiser de mim — tinha de dizer. Você jura que não vai contar a ninguém?

— Juro — João estendeu a mão sobre uma Bíblia imaginária.

— Está jurado, hem! Agora, você pode fazer de mim a mais infeliz de todas as mulheres. Está em suas mãos. Mas meu coração não se engana: você é diferente.

O contínuo entrou na sala carregando um monte de pastas para o arquivo. Ela recomeçou a bater à máquina. Dez minutos depois, sem mais nem uma palavra, João retirou-se. Tinha que sair à rua, o dever o chamava. Discretamente, passou o pente no cabelo. João, o diferente. À porta do café, olhou-se no espelho com amizade e confiança. Saiu andando de passo firme. Uma brisa carinhosa atirou sua gravata para cima do ombro esquerdo. Deixou ficar e começou a assobiar uma ária improvisada, mas tão alegre que inundava toda a rua de felicidade.

Sentada diante da máquina de escrever, ela interrompeu o trabalho para escovar os cabelos vulgarmente castanhos. Molhou a ponta do dedo na língua e passou-o sobre as sobrancelhas depiladas. Interrogou-se ao espelhinho que trazia na gaveta: não se achou nem feia, nem bonita. Uma mulher, todavia interessante. Secretária de profissão; estado civil: solteira; idade: 27 anos. E à noite, trancada no quarto, chorava sem saber por quê. Uma mulher entre tantas: um pouco dentuça, os olhos superficiais e sem segredo. A cor da sua tez não a encorajava — e sobretudo a boca quase inexistente, devorada por uns lábios ávidos. A testa alta demais, pouco feminina.

Recomeçava a bater à máquina, quando entrou Pedro, que há quinze dias ela viu pela primeira vez, no escritório em que contratara o novo emprego. Pedro apanhou no armário algumas folhas de papel, deu com o olhar dela, não vago, mas cobiçoso.

— Então? — fez Pedro, que era extrovertido.

Ela empinou o busto, ajeitou a blusa na cintura, olhou-o bem nos olhos, animando-o a sentar-se na poltrona ao lado.

— Pedro — disse ela, com um leve toque de emoção na voz. — Posso dizer uma coisa? Sei que não devo dizer. Você vai fazer mau juízo de mim.

— Diga — pediu Pedro, alegremente.

— Você é um homem diferente — disse ela.

O gambá

No silêncio circular da praça, a esquina iluminada. O patrão aguardava a hora de apagar as luzes do café. O garçom começou a descer as portas de aço e olhou o relógio: meia-noite e quarenta e cinco. O moço da farmácia chegou para o último cafezinho. Até ser enxotados, uns poucos fregueses de sempre insistiam em prolongar a noite. Mas o bate-papo estava encerrado.

Foi quando o chofer de táxi sustou o gesto de acender o cigarro e deu o alarma: um gambá! Correram todos para ver e, mais que ver, para crer. Era a festa, a insólita festa que a noite já não prometia. Ali, na praça, quase diante do edifício de dez andares, um gambá. Vivinho da silva, com sua anacrônica e desarmada arquitetura.

No meio da rua — como é que veio parar ali? Um frêmito de batalha animou os presentes. Todos, pressurosos, foram espiar o recém-chegado. Só o Corcundinha permaneceu imóvel diante da mesa de mármore. O corpo enterrado na cadeira, as grossas botinas mal dispensavam as muletas. O intruso não lhe dizia respeito. Podia sorver devagarinho o seu conhaque.

Encolhido de medo e susto, o gambá não queria desafiar ninguém. Mas seus súbitos inimigos à distância mantinham uma divertida atitude de caça. Ninguém sabia por onde começar a bem-vinda peleja. Era preciso não desperdiçar a dádiva que tinha vindo alvoroçar a noite de cada um dos circunstantes.

Mais canhestro do que lhe exigia a sua natureza, o gambá também esperava, ansiosa expectativa. O soldado deixou a namorada no jardim da praça e quebrou o encanto que a todos ameaçava imobilizar: atirou depressa a primeira pedra. Pedrada tímida e adulta. Contra o ataque à traição, o gambá apenas empinou o corpo. Nenhum ímpeto de salto em suas longas patas traseiras. Nos olhos vigilantes, cintilava o desejo da fuga. O salto impossível para a fuga impossível.

Fechou-se o círculo num burburinho. De pé no banco do jardim, a mulata berrava o seu pânico inoportuno. Ninguém lhe dava atenção. A presença do gambá monopolizava todos os sentidos. Dois ou três já disputavam o comando, quando o garçom chegou com uma barra de ferro e se impôs como chefe. Calma, pediu uma voz emocionada com a perspectiva da violência. Cauteloso, o garçom media os próprios passos.

O gambá era cada vez mais urgente, na medida que não se mexia. Cala a boca, gritou o soldado para a namorada. E ela calou. Calou-se todo mundo. Sobretudo não deixar ele escapar — todos se entenderam em silêncio. Curiosos do prédio alto tinham vindo engrossar a roda. Os facínoras pareciam ter jurado sobre o sangue da vítima inocente.

Vinham todos penetrados pelo mesmo desejo sanguinário. A respiração ofegante dos caçadores ameaçava precipitar os acontecimentos. Na única porta aberta, o dono do café se sentiu ameaçado como se tivesse tomado o partido do inimigo. Por aqui não passa, garantiu por via das dúvidas. Em vão olhava em torno para se armar. Tinha chegado o minuto que precede o sacrifício.

Evitando fazer barulho, o garçom veio vindo na ponta dos pés. A barra de ferro suspensa no ar. Suspensa no ar a geral expectativa. O patrão podia confiar no seu leal servidor. Lá estava o gambá à espreita. Aguardava a deixa para o passo que lhe cabia no silêncio daquele traiçoeiro balé. Que diabo de bicho imundo que não se mexe, pensou o garçom.

Na cabeça entre os olhos, decidiu. Nesse exato momento o gambá escapou à esquerda com uns poucos passos trôpegos. Um estremecimento percorreu de ponta a ponta o cenário da tragédia iminente. Entre empurrões e sobressaltos, dois ou três mais delicados preferiram se retirar. O alívio da desordem descarregou a tensão dos combatentes. Mas assim não dava para o garçom iniciar a batalha.

O soldado se afastou aborrecido com a indecisão reinante. Foi procurar no jardim um projétil seguro. Precisava de munição. Xingamentos e piadas espocaram no ar. Ninguém mais se entendia. Na retaguarda surgiram golpes e pontapés às cegas, sem nenhum objeto à vista. Uma velha de cachecol soltou um grito de asco e horror. Fugiu? O grito acentuou a confusão.

Alguém informou que tinha barrado o portão da oficina mecânica, do outro lado da esquina. Ampliava-se o campo da peleja. Nisto o gambá reaparece, doméstico e inocente como um coelho. Só faltava comer a grama do canteiro. Ridiculamente pernalta, o rabo pelado, um focinho fino para olhos tão arregalados. Eta bicho feio — a mulata desceu do banco e veio espiar.

Aos poucos as posições foram sendo retomadas. Tem gente que come, disse um rapaz com o estômago embrulhado. A carne sabe a galinha, disse o outro. Na minha terra chamam de saruê. Por um instante esquecidos de seu feroz compromisso, os alegres caçadores deixaram à presa a iniciativa do próximo lance. O garçom já não trazia a barra de ferro, seu bastão de comando.

Antes que o soldado lhe passasse à frente, suspendeu pelas pontas o avental sujo e avançou à moda de um toureiro. O imbecil quer pegar o bicho à unha, pensou o Corcundinha. Só agora tinha conseguido se localizar para ver o espetáculo. Impaciente, ajeitou no alto da cabeça a sua inseparável boina basca. Vai espantar o bicho com essa palhaçada, gritou da porta do café o patrão.

Não se sabe como é que reapareceu a barra de ferro, que passava de mão em mão. Ninguém queria as insígnias do comando. Era como um rito que precede a decisão final. Um preto forte, o rosto luminoso, ria um riso grosso e nervoso. Tinha na mão a barra de ferro. Olhou o gambá em cima da grama, parou de rir e, sem mais aquela, atirou a barra no que lhe parecia a direção certa do alvo. Queria era se libertar depressa da missão que não tinha escolhido.

A esta hora, só pode ter vindo de um galinheiro, disse um careca de *robe de chambre*. Barriga cheia, murmurou o rapaz ao seu lado. Um tiro só, acrescentou, pensando na arma de fogo que não tinha. Estava na hora de pedir clemência, mas, acanhado como um adolescente, o gambá se comportava como se não fosse com ele. Bicho fedorento numa cidade civilizada. Um absurdo.

É agora ou nunca, desgraçado! — e o chofer saiu vibrando a barra de ferro à direita e à esquerda, numa fúria cega que assustou os espectadores. O gambá deu uma corridinha e parou. Mal teve tempo de respirar e caiu sobre ele uma saraivada de bordoadas. Desajeitado mas elástico, fugiu aos pulos até a calçada. Foi aí que o careca de *robe de chambre* lhe acertou em cheio um pontapé.

Urros e safanões demonstravam um regozijo que nada tinha a ver com o objetivo da batalha. As janelas do prédio alto se iluminaram. Tudo, menos aquela alegria idiota, pensou o dono do café, doido para ir embora, mas com medo do que podia acontecer com o seu estabelecimento. Nisto o gambá revirou uma cambalhota bem à vista de quem quisesse ver.

Por um momento deixou à mostra o seu pudico ventre esbranquiçado. Protegido pela balbúrdia à sua volta, passou por entre pernas atordoadas e se enfiou pelo primeiro esconderijo que encontrou. O atávico instinto do antro escuro, do covil. Ficar a salvo lá onde nenhum ser vivo respira à vontade. Nenhum inimigo no seu encalço. Tinha entrado debaixo do táxi.

Desaparecido o alvo, sobreveio a trégua. O moço da farmácia dizia por que desde menino tinha horror a rato. Mas é um gambá, contestou o outro. Eu sei, um gambá é como um rato imenso. O soldado foi até o táxi e se espichou de comprido no asfalto. O malandro, disse rindo, mas com raiva. Como ninguém tinha uma lanterna, ele se agachou e atirou para debaixo do táxi os projéteis que lhe passou a namorada.

Do outro lado, bem visível, a cara lambida, lá estava ele. De alma nova, alheio a tudo. Um *gentleman* de sobrancelha arqueada que indaga com enfado o que é que há. Ainda não basta? Uma pata nobremente suspensa, era como se pedisse calma ao bando cruel de assassinos. O rabo esfolado. O aviltante rabo plebeu é que o denunciava. Sim, rato grande e ladrão de galinha.

Trazia agora a indiferença sonambúlica dos acidentados. Coberto de chagas e agravos, sabia que sua sorte estava selada. Ou não? À vista dos inimigos, conseguiu se arrastar até a linha do bonde. A onda de curiosos avançou na mesma direção. Mas guardava uma prudente e quem sabe compassiva distância. Para quem quisesse ver, ali estava o espetáculo: um gambá no meio da rua.

Exilado de um antigo quintal em que reinava soberano nas lívidas noites de lua. O caviloso personagem, sempre oculto no ventre úmido do porão. O ator beato que assombra o sótão das igrejas coloniais. O hóspede indesejado. O visitante noturno. Ali estava o eterno clandestino. Decaído de seu mistério, apenas um gambá ferido no meio da rua.

Em pleno asfalto, em cima da linha do bonde. O arquejante centro das atenções. Por que tanta gente deixava de dormir, e luzes se acendiam. Por que aquela jubilosa cólera desencadeada. Incapaz de se esconder, ali estava a sua cara comprida e hipócrita. De mãos dadas, a galhofa e a fúria o perseguiam passo a passo. Enquanto não vem a barra de ferro, o tiro ou a pedra, ali estava ele. A vítima e sua gorda barriga palpitante. Desvendado, exposto aos apupos, a vida ainda lateja nas suas veias. A paz, por que não o deixam em paz?

Foi então que o Corcundinha veio com o seu passo puxado para a esquerda, a perna mais curta, e abriu passagem com a força irretratável da decisão. Suspensa no ar, a cadeira. Os quatro pés apontados para o céu como quatro punhais implacáveis. Só parou quando chegou bem pertinho. Mediu a distância, recuou um pouco. Mantendo com esforço o equilíbrio, mal disfarçava o movimento desengonçado. Era preciso pôr fim àquele ridículo impasse.

Fulminante como um raio que cai indiferente, o Corcundinha mirou bem e descarregou a cadeira com todo o vigor que guardava escondido. Nenhuma hesitação e o máximo de firmeza. Alguém tem de fazer justiça num dado momento. Alguém tem que ter autoridade. Quebrou a espinha, disse um. Os mais próximos taparam o nariz por causa do mau cheiro. É o mijo, disse o chofer.

Ergueu de novo a cadeira no ar e o golpe dessa vez atingiu mais certeiro o alvo. Ajeitou na cabeça sua inseparável boina basca, que ameaçou cair. Vinha de dentro, do fundo mais fundo de si mesmo o vigoroso desejo que o impelia. Imolar a vítima. Liquidá-la ali, à vista de todos. As patas convulsas, a cauda frenética. Os olhos aflitos, no estertor da morte.

Se tem sete fôlegos, sete vidas, que morra sete vezes. Chega, disse o soldado quando o Corcundinha ia outra vez levantando a cadeira acima de sua corcova. É fêmea, disse o garçom. Minúsculos e trêmulos, os filhotes tinham sido salvos do massacre. É da família dos marsupiais, disse uma voz neutra. Com o salto de sua botina ortopédica, metódico, macio, o Corcundinha pisou um por um dos filhotes.

Depois se agachou com esforço e todos viram como cresceu o volume de sua giba. Apanhou pelo rabo o gambá e, o braço esticado, evitava o sangue que escorria pelo focinho em forma de funil. O passo tardo, claudicante, levava o cadáver como uma lanterna que iluminasse o caminho. Foi atirá-lo na sarjeta. Esfregou as mãos com a satisfação do dever cumprido. Fez tudo direitinho, como lhe ditou a voz interior. O inviolável segredo.

Ia ajeitar a sua inseparável boina basca, mas teve receio de sujá-la. Quem sabe de sangue, por mais cuidado que tivesse tomado. Deteve o gesto a meio caminho. Em silêncio, todos o seguiram com o olhar. Na esquina, podia se voltar para trás. Mas seguiu em frente, passo duro e difícil, puxado para a esquerda. Nenhuma dúvida de que todos os olhos estavam cravados nas suas costas. Tudo consumado, entrou em casa e brindou a vitória com um último conhaque antes de dormir.

Namorado morto

Tinha raiva de estar sofrendo tanto. Doía no peito com pontadas fininhas. Burro. Vontade de zombar dele, morto, bem morto dentro do caixão. Muito bem comportadinho, sabia a lição como um papagaio. Nunca percebeu nada. Ia cheiroso para a escola. Filhinho da mamãe, zombavam os outros meninos.

Sorrateira, Doquinha o observava. Quando deu por si já tinha se encantado. Distraída, se esquecia de onde estava. O próprio Mário sumia. Enxergava além dele uma imagem sem contornos, esbatida. Os olhos falam mais que a boca. Vinha escrito no livro de leitura.

Um dia a professora escreveu a frase no quadro-negro. Todos se debruçaram sobre os cadernos de caligrafia. Só ela se debruçou sobre a dor no peito. Uma dor escondida e por isto mais forte. Da obra ao lado, uma casa em construção, subia um barulho de vozes e ferramentas.

Até que a serra começou a estremecer o ar, cheia de dentes. Serrava a madeira e o silêncio. Um menino tossiu. Outro arrastou os pés. Canhestras, as penas deslizavam no papel. Na sala vizinha se elevou por um instante a voz impaciente da professora.

Era bonita a letra do Mário. Caprichava nas hastes das maiúsculas. Paralisada pela disciplina, era como se por toda a vida a vida tivesse parado ali. Cada um na sua carteira, todos se esforçavam para escrever limpo, sem borrar.

Os olhos falam mais que a boca. Tinha a ver com o que ela sentia. Se Mário a visse, estava disposta a se confessar. Em silêncio, só no olhar. Ele, porém, não se dava por achado. Fazia o seu dever e pronto. Foi então que um vazio se abriu dentro dela. Era como se pairasse no ar. A sala girava, zonza. Não, os olhos não falam mais que a boca.

— Essa menina anda cheia de dengues. Nunca mais que sai dessa crise — disse a mãe, distraída.

Era como se fosse violar o seu segredo. Imagine só que ridículo. Um garoto de calças curtas. Um fedelho. Seria preciso rasgar o seu peito para arrancar de lá uma única palavra.

Tinha vergonha só de pensar. Namorada. Mário nem desconfiava. Na saída, procurou se aproximar dele. Temia ficar sozinha ao seu lado. Podia se trair e contar. Queria se trair. Precisava contar.

— Por que você não namora o Mário? — Madalena perguntou de supetão.

Sua melhor amiga. Podiam conversar qualquer assunto. Foi difícil disfarçar e seu coração disparou, ameaçado. Coisa mais sem pé nem cabeça.

— Está doida? Que ideia! — e sua naturalidade desabou ali para sempre.

Fechada a porta com Madalena, tinha selado o silêncio. Meninos e meninas conversavam com desembaraço as banalidades de todo dia. Dois ou três iam mais longe. Marcavam encontro no adro. Ficavam de mal e faziam as pazes. Alguns se encontravam no cinema ou na sorveteria.

Ela calava, escondia. Não sabia se aquilo era gostar de alguém. Se escondia, não era certo. Morria se sua mãe soubesse. O que é bom não se esconde. Devia até ser pecado. Logo depois se encontrou com o Mário no caminho da escola e alguma coisa pulou dentro dela. Uma palpitação. O mau pensamento se denunciava. Teve de sair correndo, como se tivesse de voltar para casa. Apanhar um caderno que tinha esquecido.

De outra vez Madalena, doente, tinha ficado em casa. Avistou o Mário e levou um susto com aquela aparição que vinha do outro mundo, credo! Com a mão trêmula ajeitou o cabelo e lamentou que não tivesse posto a blusa nova, uma pena.

— Ei — disse ela, o rosto pegando fogo.

Sem se voltar, ele perguntou se Madalena não tinha vindo. Encabulada, Doquinha tentava sorrir o seu melhor sorriso. Claro que Madalena não tinha vindo. Andando calados, lado a lado, Doquinha sentiu um aperto na garganta. Mais um pouco e tinha de enxugar os olhos. Uma vergonha.

— Vão sair hoje as notas de Aritmética — disse ele, quando iam entrando na escola.

Na véspera Doquinha quase não tinha podido fazer o dever de casa. Culpa daquele idiota. Não conseguia prestar atenção em nada. Mário, Mário, Mário. Trancou a porta do quarto e encheu uma folha de papel de alto a baixo. Pegou depois o papel e queimou. Guardou as cinzas dentro do *Adoremus*. Nas cinzas estava o seu segredo, confessado só para ela. Mas confessado.

— Quanto dengue, que crise, santo Deus! — a mãe desconfiava de alguma coisa. De fato Doquinha estava mudada. Na procissão de Corpus Christi se recusou a aceitar a fita no cabelo. Já tinha passado da idade. Até para se vestir fazia agora exigência. Aquele vestido não punha mais. Fita, imensa daquele jeito, nem pensar.

Tinha medo de dar de cara com o Mário. E lá estava ele, o cabelo escorrido, ainda molhado, repartido no meio. Ainda bem que não estava de fita. Escapou do vexame. Assim mesmo se sentiu mal no vestido rodado, a saia armada. Uma blusa fechada até o pescoço como o uniforme de uma órfã do asilo.

— Está crente que é gente, esse pirralho — disse a mãe.

Os meninos ficavam separados, logo atrás do pálio. No seu vestido preto de rendas, viúva devota, a mãe a seguia de perto. Quando um conhecido a cumprimentava com unção, ela mal respondia, espigada, o olhar duro.

Havia três anos que a família do Mário tinha vindo morar na cidade. Gente com modos e maneiras diferentes, de lugar grande. De braço dado com Madalena, Doquinha apontou a mãe do Mário. Toda chique, soberba. Cobria o filho de vontades. Não é assim que se educa um filho, todo mundo criticava.

Ali agora, o filho acompanhava a procissão com o pai. Um homem distinto, o pai. Mas tinha um jeito esquisito. Muito escovado e feio. Será que o Mário vai ficar assim quando crescer? Em surdina, a banda executava uma melodia enfadonha. Ia e voltava, ia e voltava, sem sair do lugar.

Até que enfim, entre os meninos, apareceu o Mário. Paletó azul-marinho, calça abaixo do joelho. Debaixo do braço, o boné xadrezinho. Uma marmota, a mãe achava que aquilo não era maneira de se vestir. Que nem o pai, imperturbável, bengala e chapéu na mão.

A banda parou de tocar. Patinhando no chão, os passos acentuavam o silêncio contrito da procissão. Olhos baixos, o Mário acompanhava o Corpo de Deus que seguia à frente, vivo e verdadeiro, no ostensório. Família de forasteiros, mas religiosa. Na procissão, o Mário só pensava na procissão. O vigário podia apontá-lo como exemplo.

Já Doquinha pensava em bobagem. Preocupada com o cabelo, com a saia rodada. Precisava tomar cuidado, para Madalena não perceber. E a mãe, onde andava a mãe? Nesse momento, sentiu um puxão no braço. Era ela. Ainda bem que o Mário estava longe.

Sozinha no quarto, queria não pensar, mas só pensava no Mário. Queria lembrar em ordem, passo a passo, dia a dia. Mas tudo se baralhava e não conseguia retomar o começo. Até a cara do Mário não tinha nitidez. Suas feições fugiam, seu olhar se apagava. Via na imaginação um menino líquido, sem contornos.

Talvez fosse assim com todo mundo que morre. Não dá para recordar a voz, o andar, o jeito de quem está morto. Defunto não tem fisionomia. Morto, bem morto. Vai ser enterrado amanhã. Já deve estar no caixão. A mãe não foi ao velório. Só vai para o enterro.

Gente de fora, família de cerimônia. Não tinha intimidade. Mandou perguntar pela empregada se precisavam de alguma coisa. Nada, muito obrigado. Ou nem muito obrigado. A mãe do Mário mal cumprimentava as pessoas na rua. Nem dos vizinhos queria saber.

Mas agora tinha um defunto em casa. Um filho. Morto, bem morto. Foi assim de relance, num abrir e fechar de olhos. Nem chegou a correr a notícia de que o menino estava doente. Ninguém esperava que fosse morrer assim de uma hora para outra.

— Imagine, comadre, quem é que morreu — a vizinha tagarela entrou com a notícia absurda. Doquinha fugiu para o quarto e se jogou na cama. Queria se esconder, sumir. Não podia se denunciar. Mário morreu. Impossível. O Mário morreu. Está morto. Não faz sentido. Quem morreu?

Era como se não soubesse o que é morrer. E só faltava perguntar quem é esse tal de Mário, que morreu assim sem mais nem menos. Doquinha estava seca por fora e vazia por dentro. Era ela e não era ela. Ausente de si mesma, queria fechar os olhos e não conseguia. Era preciso fazer qualquer coisa. Ensaiar um gesto, se levantar, sair. Sair daquele torpor.

Então os soluços vieram vindo do fundo mais fundo do seu peito. Lá onde havia, intocado, um poço de silêncio. O segredo, última fibra do seu coração. Ela própria não sabia, até que chegou o momento de pôr para fora. Contido, sufocado, o uivo ameaçava irromper.

Foi primeiro um fio frágil, mas sinistro. Altos, mais altos, aos borbotões, os soluços agora assustavam. Tão recatada, Doquinha, tão dissimulada, não podia ser Doquinha que estava ali. Era ela, mas era outra pessoa que Doquinha não comandava. E que chorava. Ou gania dentro dela, esse animal ferido.

— Que é isso, minha filha? — acudiu a mãe. — Isso passa.

— Morte impressiona — disse a vizinha.

Quando a mãe voltou com o chá de flor de laranjeira, Doquinha chorava pelos olhos, pelo nariz, pela boca. Chorava pelo corpo inteiro. Na mesinha de cabeceira, o chá exalava um cheiro enjoativo. Era inútil. Nada descia pela sua garganta.

— Uma moçona desse tamanho — disse a mãe, como se tivesse de pedir desculpas à vizinha.

E preferiu esperar lá fora. Apagou a luz e saiu. Curtos, cada vez mais curtos, os soluços foram se recolhendo, como se voltassem ao silêncio de que tinham saído. O corpo largado em cima da cama não era Doquinha. Ela vagava, distante, numa sensação etérea que não era prazer, nem dor.

O retrato. Sempre teve medo de que o descobrissem. Um retrato antigo, de quando tinha uma cara lambida de menininha. Fita no cabelo, um laço maior do que ela. Sempre a mania de fita. O vestido curto, deixando à mostra os joelhos. De pé, apoiada numa cantoneira com um vaso de flores.

Foi Madalena quem apareceu primeiro com um álbum e toda a turma pegou aquela moda. A turma ia se dispersar no ano seguinte, cada qual para um colégio. Doquinha, para o das freiras. Para o dos padres, o Mário. Todos escreviam uma palavra de amizade. Ou de saudade para sempre. Alguns colavam um retrato.

Doquinha tanto pediu que a mãe lhe deu um álbum. Os colegas queriam escrever, desenhar, rabiscar. Mas tudo era só pretexto para guardar uma lembrança do Mário. E pensava no que ele ia escrever. Podia ser que lhe desse um retrato. Quando veio de volta, o álbum trazia umas linhas copiadas do livro de leitura. Eu me lembro, eu me lembro, era pequeno...

Burro. Nada, nem uma palavra pessoal. Tudo cópia. Uma poesia que não tinha nada a ver com um ou com outro. Nem com a escola. Caligrafia regular, maiúsculas inclinadas, ele se limitou a escrever que era uma lembrança do colega Mário. Nem ao menos o nome dela. Doquinha. Nem um abraço. Nada.

— Você não pregou o retrato — disse ela, mal disfarçando a decepção.

Foi aí que ela teve a ideia de lhe dar um retrato seu. Ele nem tinha pedido. Não desconfiava de nada, não distinguia ninguém. Em todo caso, vergonha de lado, era bom ter prometido o retrato. Difícil foi achar uma dedicatória que dissesse e ao mesmo tempo calasse.

Pensou e repensou, enquanto não vinha o sono. Não podia adiar. Tinha de ser no dia seguinte. Ao Mário, a sua amiga, colega e admiradora. Cortou o admiradora. Na hora de assinar, a dúvida. Doquinha era ridículo. Apelido em casa. Eudóxia era horroroso. Nome de velha, da avó. Escreveu Doquinha e borrou um pouco de tanto caprichar no desenho da inicial. Sua amiga e colega.

Beijou o retrato uma, duas, três vezes. Era pouco, mas era alguma coisa. Embrulhou em papel de seda. Depois desembrulhou. Embrulhou de novo. Não. O melhor era entregar o retrato às claras. Com medo de não ter coragem, acabou embrulhando de novo. Madalena se sentava perto do Mário. Podia lhe pedir para entregar, mas morria de medo e de vergonha.

Imagine só: todo mundo na classe tomando conhecimento daquela bobagem. Dar um retrato para quem não liga a menor importância. Era abrir o segredo. Violar o silêncio. Na hora de sair para a escola, verificou se os beijos não tinham manchado a dedicatória. Só faltava babar em cima.

— O que prometi — disse ela, engasgada. — Um retrato — acrescentou, como se não tivesse nada a ver com aquilo. Como se não fosse a cara dela, o nome dela, a letra dela. Da sua querida Doquinha. Nem sabe como conseguiu enfiar às pressas o retratinho no bolso do seu paletó. Pelo menos ele não mostrou a ninguém. Nem riu.

Só um mês tinha passado e agora estava morto. Defunto. Difícil imaginar. Morto. O burro nunca disse uma palavra de agradecimento. Tanto esforço e ele nada. Nem deve ter lido a dedicatória. Tinha vontade de dizer bem feito e procurava lembrar os detalhes.

Morto, agora era diferente. Não sabia imaginar a cara dele no caixão. Só de pensar lhe vinha um enjoo — e vinha envolvido no cheiro adocicado do chá. Buscava outras lembranças para afastar o morto. Aquele dia, por exemplo. Ele embatucou num problema de aritmética. A professora só faltava lhe rachar a cabeça para botar lá dentro a regra de três. O bom aluno baixava os olhos, dócil. Sempre bem-comportado, limpinho, cheiroso. Doquinha roía as unhas e torcia por ele. E teve vontade de ajudá-lo.

— Estudar juntos, na sua casa — disse ela, com uma coragem que a espantou.

Soberbo, como soberba é a sua mãe, disse não. Gente metida a sebo, capaz de uma desfeita daquela. Agora, bem feito, estava morto. A sua última noite. Amanhã vai ser enterrado. A terra há de comer. Pode ser que chova. Morrer, ter morrido, era mais um gesto de indiferença, de desprezo.

Tinha caído doente assim à toa. Não podia passar pela cabeça de ninguém que logo a vizinha ia entrar com a notícia. Morreu esse menino aí. Esse dessa família. Todo mundo num átimo ficou sabendo. Madalena veio gritar no portão. Doença feia, sem cura. Um febrão e a morte. Os sinos já tinham dobrado.

Foi um custo convencer a mãe. Doquinha não podia aparecer chorando. Simples amiga e colega. Nem admiradora. Não queria ver ninguém. Nem Madalena. Se ela desconfiasse, saía logo batendo com a língua nos dentes. Madalena foi ao velório. Viu o defunto. Frio e indiferente.

Ninguém deve ter chorado. Muita gente deve ter ido ver o morto. Uma criança, coitado. Chegavam, olhavam o corpo no caixão e se retiravam. Cumprimentavam baixinho o pai e a mãe. Devia estar pálido, os lábios roxos, as mãos no peito. Doquinha nunca tinha visto um menino morto. Mas podia imaginar.

Muitas flores. Os candelabros. As velas acesas. O crucifixo. O cheiro das flores e das velas invadia a casa. Dava náusea a simples ideia da morte. Morto, o Mário devia ter outro cheiro. Inútil, o defunto é como um entulho. É preciso levá-lo embora para longe. Enterrá-lo no cemitério. Doquinha engasgou e tossiu. Teve vontade de cuspir e cuspiu. Vontade de cuspir no defunto.

— Já são horas, minha filha — na casa em silêncio, a mãe veio ver Doquinha. A cidade em silêncio. O silêncio no seu peito a sufocava. Precisava se lembrar do Mário vivo para esquecer o morto. Na escola, na aula. No adro da igreja, meias altas até acima das canelas e o boné xadrezinho.

As poucas lembranças iam se esvaindo e cediam lugar ao morto. Já não sabia como era a sua voz. Falava pouco. E não sorria. Aí voltava a raiva. Burro, pateta. Vivo, podiam ainda vir a se encontrar. Mas morto, para que serve um namorado morto? A luz do corredor recortou a silhueta da mãe de pé na porta.

— Deixe de bobagem, minha filha.

A casa fechada ajudava a abafar os soluços de Doquinha. Exausta, tinha raiva de fazer aquele papel. Cabelos suados, olhos ardentes, nariz entupido, estava um pavor. No caixão o Mário devia estar penteado. O menino sempre bem-comportado. Tão limpo e lavado, todo arrumadinho, agora morto. Aparecia na escola perfumado. Um santinho. Um maricas, diziam os colegas.

— Mamãe — gritou Doquinha. — Mamãe — gritou mais alto, como se pedisse socorro.

Alguma coisa ia acontecer com ela naquele instante. Tudo parado, o guarda-roupa à sua frente aumentou de tamanho. A penteadeira, a cadeira de braço. Caladas, todas as coisas traziam um aviso. Na cidade, na casa, no mundo, ninguém chorava naquela hora.

— Que é isso, minha filha? — distante como uma viúva que se vê passar na rua pela primeira vez, a mãe reapareceu.

— Mamãe — Doquinha de bruços tentava esconder os soluços.

— Dorme, minha filha.

— Mamãe — repetiu Doquinha. — Eu não quero dormir. Eu quero morrer.

Voltada agora de costas, esticou as pernas e sentiu o corpo rígido. A mãe pensou em lhe tomar o pulso e ver se tinha febre, mas assustada saiu correndo. Era preciso tomar providência. Pedir socorro. Acalmar Doquinha. Fazer a filha dormir. Mas Doquinha queria mesmo era morrer.

O retrato na gaveta

Vinha olhando as casas e os prédios com cuidado, quando percebeu que era do outro lado. Número 235, ímpar. Andou um pouco e lá estava o edifício de três andares, janelas descascadas. Ao menos uma rua tranquila, arborizada. Pela calçada seca já não se via que tinha chovido. Olhou a copa avermelhada da amendoeira. As folhas ainda gotejavam.

Nem sombra de porteiro. Um capacho velho do lado de dentro e, no fundo do saguão estreito, a escada. No escuro, era preciso cuidado para não tropeçar. Degrau por degrau, subiu até o segundo andar. Só podia ser a porta da direita. Apartamento de frente, nenhuma dúvida. Devia ter telefonado. Ou marcado hora. Mal tocou de novo a campainha, a porta se abriu de um golpe.

— Como é? — disse Joaquim.

Leonardo lhe estendeu a mão e o puxou para dentro. Tinha pressa de fechar a porta. Só então pôde vê-lo: fatiota domingueira, de casemira. A gravata meio torta. Leonardo vinha enfiado num robe vermelho que mal chegava aos joelhos.

— Mais depressa do que eu pensava — disse ajeitando um chinelo que teimava em sair do pé.

— Sei lá se você ia me reconhecer.

Joaquim olhou o pequeno *living* em desordem e Leonardo começou a apanhar os jornais espalhados pelo chão. Joaquim não sabia se o ajudava ou não. Era preciso quebrar aquela falta de jeito, mas Leonardo não tinha pressa. Dobrou um por um dos jornais, chutou para o canto uma revista e de costas acendeu o cigarro. Trazia na mão trêmula o fósforo apagado e atirou-o bem em cima da revista. Sentou-se no braço da poltrona de couro.

— Chegou quando?

— Hoje.

— Devia ter avisado.

— De avião.

— Como é que vão as coisas por lá?

— Você nunca deu notícia.

— Quantos filhos? — e só então Leonardo soltou a fumaça que tinha tragado.

— Parei nos cinco. Há muito tempo.

— Puxa vida!

Joaquim olhou para o alto, depois para a direita e pareceu se interessar pelos desenhos de cores vivas dependurados na parede.

— Abstratos — disse Leonardo e se escorregou para dentro da poltrona.

— O mais velho se parece com você — disse Joaquim. E depois de uma pausa: — O meu filho. Você recebeu o retrato.

— A gente muda de casa, as coisas vão ficando pelo caminho — disse Leonardo. E se levantou para fechar o robe, que mal lhe encobria a barriga. Caminhou até um móvel escuro, mais alto, com espelho na porta. Parecia o pedaço de uma antiga cristaleira. Voltou com um cálice, que entregou a Joaquim.

— Não bebo — disse Joaquim, examinando o copinho embaçado. Sujo. Estava sujo. Copo de vidro, desses de beber cachaça no botequim.

— Escocês — disse Leonardo, com a garrafa na mão. Encheu o seu cálice e depois o de Joaquim, que se sentou num estofado redondo sem encosto.

— Saúde — disse Leonardo, depois de depositar a garrafa no chão. O cálice tinha desaparecido entre os seus dedos grossos. Virou-o de um gole e o pôs junto da garrafa. — Sozinho? — perguntou.

— Muito complicado trazer a tropa — disse Joaquim, tossindo. Tinha engasgado com a bebida. — Anita bem que queria vir.

— Mulher gosta de viajar — disse Leonardo, tentando se ajeitar na poltrona que tinha dois furos na forração do braço direito.

— Ficou muito triste com a morte do guri — disse Joaquim.

— Pneumonia, não foi?

— Difteria. Escrevi contando.

Leonardo esticou as pernas e umas gotas do uísque lhe caíram no robe. Joaquim lhe estendeu o lenço que retirou do bolso. Leonardo ignorou o lenço e virou de uma vez o resto do cálice.

— Está sozinho? — indagou Joaquim.

— Sempre — Leonardo repôs a garrafa no chão.

— Agora, estou dizendo agora.

— Agora e sempre.

— Não quis casar.

— Você garante a perpetuidade da espécie. Cinco, não é? — e Leonardo emborcou o copo que tinha acabado de encher.

— Vinte e três anos — disse Joaquim, quando os olhares se cruzaram depois de um longo silêncio.

— Vinte e três anos — repetiu Leonardo, meio aéreo. Acendeu um cigarro e soprou a fumaça com força para o teto. Ficou rolando o palito de fósforo entre os dedos.

— Uma vida — disse Joaquim.

— É a vida — disse Leonardo.

Como se obedecessem à vontade de quebrar aquela atitude de inércia, os dois se levantaram ao mesmo tempo. Joaquim tinha a pele queimada de sol. Leonardo, pálido, um pouco mais alto. Num e noutro os olhos azuis eram um sinal de juventude que o tempo tinha preservado. Uma luz que vinha de longe e os aproximava. Mas também os constrangia. Joaquim andou até a janela e foi olhar as árvores lá fora.

— Tranquilo isto aqui — disse, coçando a barba no pescoço. — A gente sempre acha que o Rio é uma cidade agitada.

Uma nuvem tapou o sol por um momento. Outras nuvens passaram ligeiras no céu. Deve estar ventando lá no alto, pensou Joaquim, enquanto procurava a estátua do Cristo no Corcovado.

— Vai chover de novo — disse Leonardo, tão próximo que o seu cotovelo tocou o cotovelo de Joaquim.

— Pensei que era mais quente — disse Joaquim.

— Vem aí uma frente fria — e Leonardo foi apanhar a garrafa com os copos. — É coisa de vocês lá do Sul — disse de longe.

— Nunca mais foi a Minas? — perguntou Joaquim de costas para a janela.

— Nunca. Nem vou.

— Eu fui. Muito triste. A fazenda... — ia dizendo Joaquim.

— Hora da saudade, não — cortou Leonardo. Abriu o robe com familiaridade e tentou apertá-lo na cintura, com a cueca à mostra. Tinha pelos brancos no peito.

— A família sumiu — disse Joaquim, de volta à poltrona, observando o volume da barriga de Leonardo.

— Família é pai e mãe e só até certa idade.

— E irmão — disse Joaquim, sorrindo forçado.

— Mais um trago — disse Leonardo, enchendo os cálices até a borda.

— Aquele retrato de nós dois juntos — disse Joaquim, enquanto Leonardo se levantava. De pé chamou Joaquim e os dois entraram no quarto. Quando se viram juntos no espelho do guarda-roupa, desviaram os olhos. Leonardo saltou por cima da cama desarrumada e apanhou o porta-retrato na gaveta da mesa de cabeceira.

— Desse não me lembro — disse Joaquim, limpando a boca com o lenço. — Que lugar é esse?

— Não está vendo este troço aqui? Na fazenda — disse Leonardo. — Mas veja bem a cara do velho — e espetou com força o dedo em cima do vidro.

Joaquim pegou o porta-retrato e olhou-o bem de perto. Leonardo retomou-o, como se fizesse questão que os dois o examinassem ao mesmo tempo. Imóveis, Joaquim e Leonardo ficaram de olhos fixos no retrato pouco nítido.

— Coitado do velho — disse Joaquim.

— Velhos somos nós hoje. Mais velhos do que ele — disse Leonardo, evitando se olhar no espelho.

— Morreu cedo. Agora é que a gente vê — disse Joaquim.

— Quis assim — murmurou Leonardo e atirou o porta-retrato em cima da cama.

— Dei muita cabeçada no Paraná, mas agora acertei — disse Joaquim, de volta à sala.

— Que ideia, o Paraná — resmungou Leonardo.

— No começo foi duro. Foi o pior — disse Joaquim.

— Tudo é pior em qualquer lugar — disse Leonardo às voltas com uma nova garrafa de uísque.

O telefone começou a tocar, mas nenhum dos dois fez menção de atendê-lo. Parou e recomeçou.

— Você não atende? — Joaquim perguntou.

— É algum chato. Ou uma vigarista — disse Leonardo, enchendo o seu copo e depois o de Joaquim. Cinco, seis, sete vezes, o telefone recomeçou a tocar.

— Hoje é sábado — disse Leonardo, sentando-se esparramado na poltrona. No pé esquerdo fora do chinelo apareciam os restos de um curativo.

— Amanhã vou ver um jogo de futebol — disse Joaquim. — Meu garoto é que havia de gostar. O mais velho. Está um varapau. Cada vez mais parecido com você. Diz Anita. Você está conservado.

Leonardo encarou-o, como se tivesse levado um susto. Conservado estava ele, Joaquim. A pele curtida, a cara rija.

— O cabelo branco é do velho — disse Joaquim.

— Grisalho — disse Leonardo. — A careca também.

— Todo mundo com a idade perde cabelo — disse Joaquim.

— Isso perde. Perde tudo — disse Leonardo.

Enquanto Leonardo olhava fixo pela janela, Joaquim o observava: o corpo cheio, sem cintura, as canelas finas, o rosto pálido. E barrigudo. O velho nunca foi barrigudo. Podia morrer com cem anos, que morria sem barriga. — Aqui nunca faz frio, faz? — perguntou Joaquim.

— Está quente — disse Leonardo.

Joaquim tirou o paletó e a gravata. Pôs o copo num canto e apanhou um disco em cima da mesa.

— *Jazz* — disse Leonardo.

— Empoeirado — disse Joaquim, soprando a poeira. — Você ainda gosta de música — e repôs o disco no mesmo lugar.

— Uma imundície — disse Leonardo.

— Você come aonde? — quis saber Joaquim.

— Por aí.

Leonardo apanhou no chão a garrafa e procurou o copo de Joaquim para renovar a dose.

— Tive uma úlcera. Anita me controla — disse Joaquim.

— Medo de ficar viúva — disse Leonardo.

— É cedo pra morrer — disse Joaquim. — Os meninos no mundo, sem pai.

— Eles se arranjam. Como nós.

— Você não tem filho. Pode dizer.

Na penumbra da sala, mal se viam um ao outro quando o telefone começou a tocar. Uma, duas, três, quatro, cinco, seis, sete, oito vezes. E parou. Leonardo tossiu, o peito tomado, mas não atirou fora o cigarro.

— Que horas são? — perguntou Leonardo. — Vou jantar fora — e olhou o pulso sem o relógio.

— Onde é o banheiro? — perguntou Joaquim. — Amanhã vou ao futebol.

— Sou capaz de ir. Telefone — disse Leonardo.

— Você não atende.

Leonardo pegou a garrafa e foi até a janela sondar o tempo. Futebol com chuva não vale a pena. Joaquim voltou do banheiro e se encostou na poltrona. Esvaziou um restinho de uísque no cálice e arregaçou as mangas da camisa até os cotovelos. Fechou os olhos e procurou se convencer de que estava ali diante de Leonardo. Levantou-se e foi também até a janela. Espiando lá fora duas mulheres na calçada, Leonardo não viu quando Joaquim se aproximou.

— Então — disse Leonardo, quando deu de cara com ele.

— É isso aí, meu velho — disse Joaquim, desarmado.

— Vai chover.

— Bom para a lavoura.

— Pensei que você fosse fazendeiro de café. Cheio da grana — disse Leonardo, com a mão no ombro de Joaquim.

— Ando pensando em voltar para Minas — disse Leonardo. — Mas o Paraná é que é o Eldorado. Todo mundo diz.

— Que Minas que nada — disse Joaquim.

— O meu latifúndio — e Leonardo apontou a sala em desordem.

— O apelo da terra é forte. Comprei uma fazendola — disse Joaquim.

— O que me contaram é que você é agiota — disse Leonardo.

Uma rajada de vento passou forte pela copa das árvores. A noite vinha vindo agora mais apressada. Na rua as duas mulheres tinham tomado rumo, mas apareceu um sujeito empurrando uma carrocinha. No portão da casa em frente, um menino olhava entretido a carroça agarrada no meio-fio.

— Eu devia ter trazido o guri — disse Joaquim.

Leonardo continuou em silêncio, sem beber, nem fumar. Olhava para dentro, como se estivesse mergulhado numa longa reflexão.

— A vida é isso — disse, afinal.

— Só isso? — e Joaquim lhe apertou o braço esquerdo.

O mesmo timbre de voz, a mesma cadência, o mesmo acento ligeiramente nasal. Cara a cara, a sala no escuro, à luz que vinha da rua, os dois começaram a rir. Joaquim tapou o rosto com as mãos. Leonardo tossiu com espalhafato.

— Não vá morrer, meu velho — Joaquim lhe deu um tapa nas costas.

— A vida te pegou, Quincas — disse Leonardo com dificuldade, o riso cada vez mais solto entrecortado pela tosse.

— Léo, minha úlcera — Joaquim segurava o estômago com as mãos.

Leonardo se contorcia de tanto rir. Os olhos vermelhos, rindo sempre, Joaquim mostrava uma falha de dente no lado direito.

Na rua, o homem da carroça tinha desaparecido. Mas o menino lá estava no portão, mesmo depois que começaram a cair os primeiros pingos grossos da chuva. Deu com aqueles dois homens rindo na janela e resolveu esperar mais um pouco. Mas a chuva apertou e ele correu para dentro de casa, sem tirar a limpo o que estava acontecendo.

Sempre rindo, Leonardo teve dificuldade para fechar a janela empenada. Joaquim quis ajudá-lo, mas não tirava as mãos da barriga. E também não parava de rir. Leonardo, tossindo e rindo, rindo e tossindo, pegou no escuro a garrafa de uísque e o copo. Joaquim tropeçava às cegas pela sala em desordem e não conseguia encontrar o banco para se sentar. Depois de cair pesadamente na poltrona, Leonardo começou a encher o cálice. Sua mão tremia e o uísque lhe respingava nos pés descalços. Tilintando o copo contra a garrafa, tentou em vão alcançar Joaquim. Um e outro riam sem parar — e no mesmo timbre de antigamente.

Foi então que o telefone mais uma vez começou a chamar.

Gato gato gato

Familiar aos cacos de vidro inofensivos, o gato caminhava molengamente por cima do muro. O menino ia erguer-se, apanhar um graveto, respirar o hálito fresco do porão. Sua úmida penumbra. Mas a presença do gato. O gato, que parou indeciso, o rabo na pachorra de uma quase interrogação.

Luminoso sol a pino e o imenso céu azul, calado, sobre o quintal. O menino pactuando com a mudez de tudo em torno — árvores, bichos, coisas. Captando o inarticulado segredo das coisas. Inventando um ser sozinho, na tontura de imaginações espontâneas como um gás que se desprende.

Gato — leu no silêncio da própria boca. Na palavra não cabe o gato, toda a verdade de um gato. Aquele ali, ocioso, lento, emoliente — em cima do muro. As coisas aceitam a incompreensão de um nome que não está cheio delas. Mas bicho, carece nomear direito: como rinoceronte, ou girafa se tivesse mais uma sílaba para caber o pescoço comprido. Girarafa, girafafa. Gatimonha, gatimanho. Falta um nome completo, felinoso e peludo, ronronante de astúcias adormecidas. O pisa-macio, as duas bandas de um gato. Pezinhos de um lado, pezinhos de outro, leve, bem de leve para não machucar o silêncio de feltro nas mãos enluvadas.

O pelo do gato para alisar. Limpinho, o quente contato da mão no dorso, corcoveante e nodoso à carícia. O lânguido sono de morfinômano. O marzinho de leite no pires e a língua secreta, ágil. A ninhada de gatos, os vacilantes filhotes de olhos cerrados. O novelo, a bola de papel — o menino e o gato brincando. Gato lúdico. O gatorro, mais felino do que o cachorro é canino. Gato persa, gatochim — o espirro do gato de olhos orientais. Gato de botas, as aristocráticas pantufas do gato. A manha do gato, gatimanha: teve uma gata miolenta em segredo chamada Alemanha.

Em cima do muro, o gato recebeu o aviso da presença do menino. Ondulou de mansinho alguns passos denunciados apenas na branda alavanca das ancas. Passos irreais, em cima do muro eriçado de cacos de vidro. E o menino songamonga, quietinho, conspirando no quintal, acomodado com o silêncio de todas as coisas.

No se olharem, o menino suspendeu a respiração, ameaçando de asfixia tudo que em torno dele com ele respirava, num só sistema pulmonar. O translúcido manto de calma sobre o claustro dos quintais. O coração do menino batendo baixinho. O gato olhando o menino vegetalmente nascendo do chão, como árvore desarmada e inofensiva. A insciência, a inocência dos vegetais.

O ar de enfado, de sabe-tudo do gato: a linha da boca imperceptível, os bigodes pontudos, tensos por hábito. As orelhas acústicas. O rabo desmanchado, mas alerta como um leme. O pequeno focinho úmido embutido na cara séria e grave. A tona dos olhos reverberando como laguinhos ao sol. Nenhum movimento na estátua viva de um gato. Garras e presas remotas, antigas.

Menino e gato ronronando em harmonia com a pudica intimidade do quintal. Muro, menino, cacos de vidro, gato, árvores, sol e céu azul: o milagre da comunicação perfeita. A comunhão dentro de um mesmo barco. O que existe aqui, agora, lado a lado, navegando. A confidência essencial prestes a exalar, e sempre adiada. E nunca. O gato, o menino, as coisas: a vida túmida e solidária. O teimoso segredo sem fala possível. Do muro ao menino, da pedra ao gato: como a árvore e a sombra da árvore.

O gato olhou amarelo o menino. O susto de dois seres que se agridem só por se defenderem. Por existirem e, não sendo um, se esquivarem. Quatro olhos luminosos — e todas as coisas opacas por testemunha. O estúpido muro coroado de cacos de vidro. O menino sentado, tramando uma posição mais prática. O gato de pé, vigilantemente quadrúpede e, no equilíbrio atento, a centelha felina. Seu íntimo compromisso de astúcia.

O menino desmanchou o desejo de qualquer gesto. Gaturufo, inventou o menino, numa traiçoeira tentativa de aliança e amizade. O gato, organizado para a fuga, indagava. Repelia. Interrogava o momento da ruptura — como um toque que desperta da hipnose. Deu três passos de veludo e parou, retesando as patas traseiras, as patas dianteiras na iminência de um bote — para onde? Um salto acrobático sobre um rato atávico, inexistente.

Por um momento, foi como se o céu desabasse de seu azul: duas rolinhas desceram vertiginosas até o chão. Beliscaram levianas um grãozinho de nada e de novo cortaram o ar excitadas, para longe.

O menino forcejando por nomear o gato, por decifrá-lo. O gato mais igual a todos os gatos do que a si mesmo. Impossível qualquer intercâmbio: gato e menino não cabem num só quintal. Um muro permanente entre o menino e o gato. Entre todos os seres emparedados, o muro. A divisa, o limite. O odioso mundo de fora do menino, indecifrável. Tudo que não é o menino, tudo que é inimigo.

Nenhum rumor de asas, todas fechadas. Nenhum rumor.

Ah, o estilingue distante — suspira o menino no seu mais oculto silêncio. E o gato consulta com a língua as presas esquecidas, mas afiadas. Todos os músculos a postos, eletrizados. As garras despertas unhando o muro entre dois abismos.

O gato, o alvo: a pedrada passou assobiando pela crista do muro. O gato correu elástico e cauteloso, estacou um segundo e despencou-se do outro lado, sobre o quintal vizinho. Inatingível às pedras e ao perigoso desafio de dois seres a se medirem, sumiu por baixo da parreira espapaçada ao sol.

O tiro ao alvo sem alvo. A pedrada sem o gato. Como um soco no ar: a violência que não conclui, que se perde no vácuo. De cima do muro, o menino devassa o quintal vizinho.

A obsedante presença de um gato ausente. Na imensa prisão do céu azul, flutuam distantes as manchas pretas dos urubus. O bailado das asas soltas ao sabor dos ventos das alturas.

O menino pisou com o calcanhar a procissão de formigas atarantadas. Só então percebeu que lhe escorria do joelho esfolado um filete de sangue. Saiu manquitolando pelo portão, ganhou o patiozinho do fundo da casa. A sola dos pés nas pedras lisas e quentes. À passagem do menino, uma galinha sacudiu no ar parado a sua algazarra histérica.

A casa sem aparente presença humana.

Agarrou-se à janela, escalou o primeiro muro, o segundo, e alcançou o telhado. Andava descalço sobre o limo escorregadio das telhas escuras, retendo o enfadonho peso do corpo como quem segura a respiração. O refúgio debaixo da caixa-d'água, a fresca acolhida da sombra. Na caixa, a água gorgolejante numa golfada de ar. Afastou o tijolo da coluna e enfiou a mão: bolas de gude, o canivete roubado, dois caramujos com as lesmas salgadas na véspera. O mistério. Pessoal, vedado aos outros. Uma pratinha azinhavrada, o ainda perfume da caixa de sabonete. A estampa de São José, lembrança da Primeira Comunhão.

Apoiado nos cotovelos, o menino apanhou uma joaninha que se encolheu, hermética. A joaninha indevassável, na palma da mão. E o súbito silêncio da caixa-d'água, farta, sua sede saciada.

Do outro lado da cidade, partiram solenes quatro badaladas no relógio da Matriz. O menino olhou a esfera indiferente do céu azul, sem nuvens. O mundo é redondo, Deus é redondo, todo segredo é redondo.

As casas escarrapachadas, dando-se as costas, os quintais se repetindo na modorra da mesma tarde sem data.

Até que localizou embaixo, enrodilhado à sombra, junto do tanque: um gato. Dormindo, a cara escondida entre as patas, a cauda invisível. Amarelo, manchado de branco de um lado da cabeça: era um gato. Na sua mira. Em cima do muro ou dormindo, rajado ou amarelo, todos os gatos, hoje ou amanhã, são o mesmo gato. O gato-eterno.

O menino apanhou o tijolo com que vedava a entrada do mistério. Lá embaixo — alvo fácil — o gato dormia inocente a sua sesta ociosa. Acertar pendularmente na cabeça mal adivinhada na pequena trouxa felina, arfante. Gato, gato, gato: lento bicho sonolento, a decifrar ou a acordar?

A matar. O tijolo partiu certeiro e desmanchou com estrondo a tranquila rodilha do gato. As silenciosas patinhas enluvadas se descompassaram no susto, na surpresa do ataque gratuito, no estertor da morte. A morte inesperada. A elegância desfeita, o gato convulso contorcendo as patas, demolida a sua arquitetura. Os sete fôlegos vencidos pela brutal desarmonia da morte. A cabeça de súbito esmigalhada, suja de sangue e tijolo. As presas inúteis, à mostra na boca entreaberta. O gato fora do gato, somente o corpo do gato. A imobilidade sem a viva presença imóvel do sono. O gato sem o que nele é gato. A morte, que é a ausência de gato no gato. Gato — coisa entre as coisas. Gato a esquecer, talvez a enterrar. A apodrecer.

O silêncio da tarde invariável. O intransponível muro entre o menino e tudo que não é o menino. A cidade, as casas, os quintais, a densa copa da mangueira de folhas avermelhadas. O inatingível céu azul.

Em cima do muro, indiferente aos cacos de vidro, um gato — outro gato, o sempregato — transportava para a casa vizinha o tédio de um mundo impenetrável. O vento quente que desgrenhou o mormaço trouxe de longe, de outros quintais, o vitorioso canto de um galo.

O elo partido

Uma vez, duas vezes — e nada. Inútil recomeçar. Olhou desanimado a gravata atravessada no pescoço, suspirou fundo e começou devagarinho a dar a primeira volta. Com toda a cautela — e de novo parou. Não sabia ir adiante. Contendo a ansiedade, por um momento se viu no espelho: a mão esquerda era a direita, a mão direita era a esquerda.

— Vou descendo — disse a mulher.

— Escuta — ele forçou o tom, afetado. — Como é que se dá nó na gravata?

— Engraçadinho — ela saiu sem se voltar.

Essa coisa corriqueira, dar o nó na gravata. Quanto tempo durou? Uns poucos segundos, dois minutos, ou mais? A testa molhada, o suor porejava agora nas costas das suas mãos. Mas assim como surgiu, simples vertigem, passou. E as mãos habituais, sem comando, ataram a gravata. Estava pronto para sair. Ia jantar fora.

Estimulado pelo uísque, quis atrair a atenção:

— Agora mesmo, em casa — disse, displicente. — Ao me vestir. Palavra. Esqueci por completo.

— Essa é boa — alguém na roda procurou animá-lo.

Mas uma chave se torceu dentro dele — luz que se apaga, sinal que espreita e alerta para o perigo. Ter esquecido era mais que um incidente banal. Era um compromisso de silêncio. A gravata desatada, a língua presa. Ainda que quisesse, não podia contar. Ninguém percebeu e a conversa tomou outro rumo.

Apenas um lapso, procurou se convencer em casa. Pode acontecer com qualquer um. Tolice se preocupar por tão pouco. Até que dias depois. Não dava para acreditar. A mulher achou graça e atou por ele a gravata. Estou ficando gagá, pensou diante do espelho.

Em seguida saiu, como todo dia. Tirou o carro e foi até o escritório. Só deu acordo de si na fila do elevador. Um trecho do percurso tinha sido apagado por completo. Distração ou automatismo, nada havia entre sair de casa e chegar até ali. Mas agora, tudo bem. Era o terceiro da fila.

Sentiu no estômago o generoso café da manhã. Cheirando a água de colônia, podia contemplar confiante o mundo à sua volta. O elevador demorava a chegar. Estava parado no sétimo andar, o do seu escritório. Paciência. Esperar como todo mundo. Pensou em conferir uns papéis na pasta, mas desistiu.

A porta aberta, dois homens tentavam a custo enfiar no elevador uma mesa de escritório. A sua mesa, nenhuma dúvida. Seus objetos pessoais, as gavetas devassadas. A luzinha sempre acesa no sétimo andar. Fixou-se no toutiço do homem à sua frente. Ninguém dava mostra de impaciência e a fila crescia.

Os carros passavam lá fora velozes. Na manhã primaveril, avistava, exuberante, uma ponta do jardim. Consultou o relógio, mas não viu a hora. Como se estivesse presente no sétimo andar, via a sua mesa, grande demais para entrar no elevador. Tirou o lenço e enxugou o pescoço, à volta do colarinho.

Olhou para o chão. Estava no andar térreo e esperava o elevador. Segurou firme a pasta com a mão direita. Nenhuma dúvida de que estava tudo em ordem. Nenhum esquecimento. Confiava na rotina, no seu método infalível. Quando ia arrumar a mala para viajar, por exemplo.

Começava de baixo para cima. Ou de cima para baixo. A partir da cabeça — pente, escova, loção. O aparelho de barba. O pincel, o creme de barbear. A escova de dentes. O fio dental. Uma revista completa, minuciosa. Nunca se conformou com um esquecimento, mínimo que fosse.

A fila ia ficando cada vez mais comprida — e o elevador parado no sétimo andar, com o impasse da mesa. A sua mesa. Ninguém reclamava contra a demora. Uma bela manhã inaugurava um novo dia. Procurava reconstituir passo a passo tudo que tinha feito desde o momento em que acordou.

A barba, o banho de chuveiro. O café da manhã e o jornal. A roupa leve que tinha escolhido para vestir. A camisa, a cueca, as meias. Meias, só pretas e azuis, de cano longo. Eram azuis ou pretas as que usava naquele momento? Ridículo esticar a perna, arregaçar a calça, tirar a dúvida.

O sangue estremeceu pela altura do peito e pulsou forte nas veias do pescoço. Precisava saber de que cor eram as meias que trazia nos pés. Procurou se lembrar do momento em que se vestiu em casa. Uma cadeia de gestos automáticos. Na fila, como um cidadão qualquer, esperava o elevador.

Uma pequena demora, só isto. Conferiu a gravata: azul. Camisa branca, bem cortada. O terno caía bem. Mas as meias — de que cor eram as meias? Se fossem vermelhas, por exemplo. E se sentiu de pé sobre pés estranhos, alheios. Ocultas, encobertas pelas calças, as meias ameaçavam vir a público e denunciá-lo.

A fila começava a dar os primeiros sinais de protesto, quando chegou o elevador, a porta escancarada. O elevador de todo santo dia. A manhã perfeita, luminosa. Foi preciso quase empurrá-lo, as grotescas meias vermelhas, para que ele, cauteloso, se animasse a sair do lugar.

Saltou no sétimo andar e quase deixou cair a pasta com um esbarrão que levou. Foi direto para a sua sala e trancou a porta. A mesa de sempre, no mesmo lugar, devolvida às suas dimensões. Nenhuma testemunha, mas era arriscado suspender as calças e verificar se as meias eram de fato vermelhas.

Tomou coragem. Sentado, abaixou a cabeça e arregaçou as calças. Vermelhas. Não, simples alucinação. Azuis, eram azuis as meias que estava usando. Mal pôde respirar aliviado e o telefone chamou. Depois de atender o telefone, o dia prosseguiu. Nem de longe pensou em contar. Não tinha como contar uma história tão sem pé nem cabeça. Meias de repente vermelhas, de novo azuis.

Daí a uns dias, entrou por uma reminiscência de infância e lhe escapou o nome de um amigo. Um dos primeiros de sua vida. Teimoso, passou horas na tentativa de lembrar. Reavivou pormenores sepultados pelo tempo, mas o nome lhe escapava. O nome não lhe vinha. Debaixo da língua. Na ponta da língua. Desarticulado, desfeito. Impossível dormir sem o nome.

Quando pensou em pedir socorro, telefonar, era tarde demais. Ia passar por maluco, se acordasse alguém àquela hora atrás de um nome do tempo do onça. Não podia dar parte de desmemoriado. Ia chamar a atenção. Andou de um lado e outro, procurando esquecer que se esquecera, para então recuperar o que estava guardado na sua lembrança.

Via a cara desse antigo menino, a sua voz, os seus olhos. Podia descrevê-lo traço por traço. Retrato completo. Mas o nome. O nome desatado. O sono não vinha, naquela aflição. Era preciso descer fundo no poço. Foi até o fundo, a ponto de quase perder o fôlego. Gumercindo! — voltou assustado de um cochilo. Lá estava o nome, desfeito o nó. Ou refeito.

Deu de ombros, não comentou nem com a mulher. Amnésias assim acontecem. Dois ou três dias depois, porém. Tinha se recolhido mais cedo. Exausto, o corpo pedia cama. Como é mesmo que eu durmo? Probleminha idiota, nunca ouviu contar que alguém pudesse passar por isto. Redescobrir o seu jeito de dormir. Deste lado: não é. De costas: sobram as mãos, os braços se espalham. Braços cruzados no peito: ridículo. Cruzou as mãos e antecipou o defunto que não queria ser.

Calma, não se afobar. Levantou-se e veio se deitar de novo. Nada de pensar como distribuir o corpo na cama. Ajeitou o travesseiro, a cabeça alta demais. Afastou o travesseiro e enfiou a cara no lençol. Queria insistir, mas o ar lhe faltava. Esticou as pernas e se dividiu em dois. Recolheu as pernas, dobrou os joelhos. Nenhuma naturalidade. Cada movimento consciente o punha mais longe de onde queria chegar.

Precisava encontrar um ponto de equilíbrio. O corpo tem um prumo. Por um momento lhe veio a certeza de que também não conseguiria ficar de pé. Agora, sim, completa desarticulação. De barriga para baixo, a cabeça sobrava. Tinha perdido o centro de gravidade. Ou pesava demais, ou não tinha peso. Chumbo e pluma. Assim, nesta posição. Não, nunca foi assim.

Sentado na cama, ao menos sentado, passou a mão pelos cabelos ralos. Recomeçou do princípio. Morto de sono, esquecer como é que costuma dormir. Ninguém iria jamais acreditar. Virou a cabeça para a esquerda. Para a direita. Para a esquerda. Para a direita. A cabeça desligada do corpo, sem compromisso, e aquela sensação de tonteira.

Outra vez espichado, recolheu as pernas, dobrou os joelhos. As mãos entre os joelhos, enroscou-se em si mesmo e assim ficou imóvel por um bom pedaço de tempo. Desejo de se levantar, fugir da cama, do sono, de si mesmo. Abandonar o próprio corpo, que não mais o acompanhava, solidário. Como é mesmo que eu durmo? Como é que sempre dormi? A cabeça se desprendia, aumentava de volume. Tinha perdido uma chave que não tinha importância — até perdê-la.

Serena, sem arquitetura, a mulher dormia. Impensável acordá-la e perguntar como é que ele costumava dormir. Brincadeira sem graça. Com esforço se pôs de pé e recuperou o controle do corpo, articulado, sua altura de sempre. Foi no escuro até a copa. Estava descalço, percebeu assim que pisou no chão de cerâmica. Abriu a geladeira e fechou-a depressa, para evitar a luz. Bebeu sem sede meio copo d'água.

No banheiro social, escuridão completa, nenhum reflexo no espelho. E se abrisse a luz? Medo de não se ver, ou de não se reconhecer. Sem cara, quem sabe outra cara. Voltou à copa, onde se movimentava melhor. Esbarrou em alguma coisa de metal, que fez um barulho estridente. Estacou, a calça do pijama ameaçando cair. Reapertou-a.

A mão trêmula, levou um copo d'água para o quarto. Ia tomar um comprimido para dormir. A mulher se mexeu na cama, mudou de lado, começou a ressonar. Dormia. Todo mundo dormia. Com todo o cuidado, a respiração suspensa, foi-se inclinando até ficar de costas por cima dos lençóis. Nada de vir o sono. Novelo amontoado, sem começo nem fim, não tinha por onde pegar o fio da meada. A ponta do sono.

Deitou-se paciente do lado direito. Depois do lado esquerdo. Um braço recolhido, o outro esticado, tinha perdido a intimidade com o próprio corpo. Tinha de se reorganizar parte por parte. Recostado no travesseiro, a noite ancorava num porto de água oleosa. No torpor da noite, a insônia se recusava a apagar a sua luz amarela. Luz de hospital, no fundo escuro do corredor.

Saiu da cama e, um chinelo pendendo do pé, cochilou na cadeira de balanço. Efeito do tranquilizante. O corpo dolorido, os pés inchados, nunca mais iria amanhecer. Mas logo veio lá de fora a algazarra dos pardais. Era o sol, o dia clareando, a vida de volta. O movimento na rua. Na casa vizinha, as janelas se abriram com um ruído saudável.

Dia estafante, como se nada tivesse acontecido. Uma energia desconhecida circulava nas suas veias. Só à noite, passada a excitação, o cansaço voltou e entrou com ele em casa. A mulher lhe dirigiu duas ou três palavras irrelevantes. Tinha vaga notícia de sua insônia — que é que houve? Mas tudo parecia remoto e nada tinha a ver com ele. Era uma experiência alheia.

Levou para o quarto um livro e se instalou na cadeira de balanço. Não conseguia ler com atenção. Estava todo ocupado em se manter calmo. Ligou e desligou o rádio. Parar, precisava parar quieto. No banheiro, aparou uma por uma as unhas dos pés. Medo do vazio e aquela necessidade de fazer alguma coisa. Entrou e saiu do quarto. De novo no banheiro, tirou com a pinça uns fios das sobrancelhas. Paciente, arrancou dois cabelos encravados da barba.

Sem a mínima lembrança da véspera, dormiu como todo dia. Um sono compacto tinha refeito a rotina. Nenhuma ruptura. Podia continuar em silêncio, nunca mais se preocupar. Até que uma semana depois. Virava e se revirava na cama. Parada num branco, numa ausência, a vida já não fluía.

— Esqueci como é que eu durmo — disse.

— Bobagem — resmungou a mulher.

— Não estou achando minha posição.

— Dorme — disse ela, imperativa.

Hora a hora, minuto após minuto, segundo por segundo, a insônia veio para ficar. Tentava em vão ligar o que sempre foi com o que devia continuar sendo. Faltava uma ponte. O elo que liga, que estabelece a corrente. Vagarosa, a interminável noite ancorada. Estar só e acordado lhe impunha, obrigatória, aquela vigília. Plantão para nada. Velava a si mesmo. Na cama, no quarto, ou no sofá da sala, dormir era um risco.

Pela manhã, o sol por toda a casa, a copa recendia a café. Fez a barba, tomou banho e saiu. Chegou ao escritório e já encontrou o elevador embaixo. Receava que alguém o achasse estranho. Que é que há com você? — a mulher tinha percebido qualquer sinal. Mas nada, não havia nada. Era inverossímil. Não tinha uma história, um episódio, um incidente.

— Por que você não vai ao médico? — a mulher apertava o cerco.

Tinha medo, mas um medo com uma ponta de altivez. Sim, um homem diferente. A singularidade que o ameaçava também o confortava. Era a forma de manter a própria integridade. Não se distanciar do corpo, que na cama começava a flutuar. Como contar ao médico? Não saberia explicar. Não eram sintomas, nem dores.

Derrames imperceptíveis — leu por acaso numa revista. Os neurologistas estudam. Falhas de memória, hiatos convulsivos. Não era o caso. Nem pensar. Ridículo confessar que tinha perdido o seu jeito habitual de dormir. O nó da gravata. Insônia, há uma fase em que todo mundo tem. Ou não tem. Passa. Nenhuma importância.

Uma tarde, ao falar no telefone com o sócio. Primeiro aquela vaga sensação de quem está se afastando de si mesmo. Até que aconteceu: não se lembrava da cara do sócio. A voz familiar, a conversa óbvia, o riso de sempre, mas sem fisionomia. Desligou o telefone com a certeza de que estava pálido. Um desmaio, podia ser um desmaio.

A cabeça entre as mãos, já não queria recuperar a cara do sócio. Fechou os olhos. A cara, como era a cara? Abriu os olhos e viu no ar uma porção de pontinhos volantes. Pequeninas moscas agitadas. Foi até o banheiro e lavou várias vezes o rosto. A água fria lhe fazia bem. Podia se encarar no espelho. Seu definido perfil: o próprio, ele mesmo, sem alteração. Uma fisionomia pessoal, como a de todo mundo.

Menos o sócio, a cara escamoteada. A partir daí, dessa omissão, alguma coisa podia acontecer. Tinha medo de, sem querer, assumir um compromisso. Entrava no campo da ambiguidade e por lá se perdia, sem volta. Apelar para alguém, pedir socorro. Abrir o jogo com o sócio. Com a mulher. Fugir enquanto era tempo. Mas quanto mais queria se desvencilhar, mais aceitava o inelutável. Sem nome, nem configuração, mas fatal.

Foi para casa mais cedo. Em casa podia ter proteção, ou pelo menos se isolava. Leu sem pressa o jornal e ligou a televisão. Um homem como qualquer outro, posto em sossego. Telefonou ao sócio e não o achou. Assim que desligou, se sentiu aliviado. Se o sócio atendesse, não diria uma única palavra. Nenhum pretexto ou motivo para telefonar.

Uma tarde muito quente, o ar-condicionado ronronando, vinha da rua feliz com a solução de um problema que há semanas se arrastava. Resolveu telefonar para casa. Acabou de discar o número e deu por falta de alguma coisa. Um pássaro que levanta voo, uma paisagem que se esconde por trás do muro, um perfume que se esvai. Um objeto ao alcance da mão que todavia se subtrai — uma caneta, um par de óculos, uma agenda.

— Alô — disse a mulher, do outro lado da linha.

Aceitou complacente o próprio silêncio e, para se ver livre, desligou. Era como se tivesse mudado de lado. A outra margem, longe do dia a dia. Olhava em torno, o jornal, a televisão, os objetos familiares, e nenhuma relação se estabelecia entre ele e o que o cercava. De pé, tirou a gravata e afrouxou o colarinho. Podia refazer o laço. Dar o nó. Atar.

— Chegou cedo — disse a mulher, surpresa. — Alguma coisa?

Lá estava ela, com o seu rosto e o seu nome. Absurdo não se lembrar da própria mulher. Absurdo, mas lógico. No íntimo, só para si mesmo, tinha certeza que era lógico. A mulher saiu da sala e com ela se afastou o seu rosto. Uma ausência sem fisionomia acentuava a distância que o mantinha isolado de tudo, de todos.

No quarto, espichado de costas na cama, leu página por página a revista que tinha comprado na esquina. Lia e relia o mesmo texto. Lia sem ler. Nenhuma razão para se assustar. Tinha sido sempre assim. Ou seria assim daqui para a frente. Uma sonolência boa dificultava os seus movimentos. Com esforço acendeu a luz da cabeceira e em vão tentou pegar a revista.

— Que é que você tem? — pela primeira vez a voz pareceu aflita.

Os olhos fixos no teto, ele não via uma pequena bruxa cabeceando contra os obstáculos no seu caminho. Nenhuma saída. Quanto maior a aflição, pior. Nenhuma queixa, nenhum protesto. Não tinha por que se agitar. Brancas paredes, largo silêncio, podia agora se desprender de tudo. Viagem sem rumo e sem susto, para lugar nenhum. Ampliar a distância, dissolver-se nela.

— Quem sou eu? — perguntou à mulher de branco que acabava de entrar. Dócil, conquistado, nem ao menos quis ouvir a resposta. Já não havia nomes, nem rostos.

Mater dolorosa

Em casa, como em toda a cidade, ninguém se lembrava mais do dia em que Mamãe caiu doente. Talvez tenha sido antes do parto, talvez depois do parto, quando sofreu a ameaça de eclâmpsia. Ou no inverno do ano seguinte, quando tirou um litro de pus dos pulmões por causa de uma pleurisia. Também podia ser na ocasião em que ficou fraca do peito e precisou de punção e sinapismo. Começou aí a fase das cataplasmas e das ventosas. Era uma agonia só, na noite impregnada pelo forte cheiro de éter.

— Sua mãe não pode ser incomodada — as tias recomendavam.

Era assim desde que me entendia por gente. Assim tinha sido desde sempre, desde o começo do mundo. Proibido fazer barulho — Papai tinha escrito em várias portas. Mas queria era dependurar uma placa bem visível no poste, pedindo silêncio à rua como diante do hospital. Atrás do alto muro de hera, o jardim descuidado isolava ainda mais a nossa casa. Na rua calada, ninguém ria, ninguém cantava. As crianças iam brincar longe, depois da esquina. O afiador de faca suspendeu o silvo estridente com que chamava a freguesia. Nenhum ambulante gritava mais o seu pregão.

De começo, Papai e as tias ainda se queixavam da falta de educação dos estranhos que passavam indiferentes pela calçada. Como é que alguém neste mundo podia rir, enquanto Mamãe gemia cheia de escaras no seu leito de dor. Pois um vizinho do lado de cima chegou a dar uma festa. O alarido das vozes e da música batia nas vidraças cerradas e nos unia com rancor contra o disparate daquele herege. Papai já estava disposto a ir dar um tapa de luva naquela gente sem entranhas, mas tia Vera não deixou. Papai podia perder o controle e explodir em sua santa cólera. Afinal a Encarnação foi lá, deu o recado e voltou triunfante:

— Por favor, Dona Maria está passando muito mal.

A festa parou por uns momentos, mas logo recomeçou. O xale nos ombros, o terço na mão, tia Dulce desfiava jaculatórias e responsos. Invocava Santo Antônio, exigia um milagre de São Judas Tadeu. Depois rezou ao Senhor do Monte das Oliveiras, do Gólgota, do Calvário. A algazarra diminuiu, mas o vozerio continuou. Janelas e portas hermeticamente fechadas, a Encarnação vedou qualquer abertura com travesseiros e cobertores. Altas horas a música penetrou alegre pelas frinchas da casa abafada e continuou pela noite adentro. Papai se trancou amargo no escritório.

— Falta de respeito — resmungou tia Vera, e foi render tia Dulce na vigília ao pé do leito.

Juntas, as tias imploravam a Mamãe que tivesse paciência. Meditasse na descida da Cruz, na agonia do Horto. Nas sete dores de Nossa Senhora. No dia seguinte, os ombros caídos, as olheiras fundas, Papai saía e entrava como uma sombra. Era preciso tomar cuidado, exigir mais atenção. Uma por uma, as vasilhas tinham de ser esterilizadas. Já não bastava uma bolsa de água quente. Eram necessárias duas e três, que se alternavam nas costas, no ventre, nos pés. De costas ou de bruços, deitada ou recostada, nada satisfazia a paciente. O ouvido apurado percebia ao longe qualquer barulho. Vozes e passos a enervavam, mesmo que só ela os pudesse ouvir. De madrugada o leiteiro já não tilintava as garrafas na porta. O padeiro se anunciava com um murmúrio e deixava o pão em cima do portãozinho. Porque Mamãe estava doente era preciso evitar os golpes de ar. Em permanentes fumigações, as tias contra o ar viciado queimavam essências pelos cantos. A casa recendia a eucalipto e a incenso, a alfazema e a rosmaninho, mas todos os aromas denunciavam que Mamãe estava doente. Compungidos, os passantes policiavam os pés e prendiam a respiração, para não tossir. Ninguém deixava de exprimir piedade e comiseração.

— Dona Maria não está passando nada bem — o refrão acompanhava as frequentes notícias de cólicas e as sucessivas injeções.

O médico passava amiúde antes do almoço, para tomar a temperatura e recolher o relatório da véspera. Voltava às vezes à tardinha e, conforme o caso, aparecia também à noite. Conversava a meia-voz com Papai e as tias, trêmulas, curiosas, não ousavam se aproximar. Era preciso guardar distância do terrível segredo. Só o chefe da casa podia ficar sabendo. Debaixo do maior sigilo as tias estimularam a Encarnação a procurar rezadeiras e curandeiros.

Estava convocada mais uma conferência médica, mas era preciso mandar vir especialistas de renome. Podia ser volvo ou nó nas tripas e seria caso de cirurgia. Mamãe não estava em condições de viajar até um lugar de recursos. Podia não resistir. A portas fechadas, em vão se reuniram os doutores no escritório do Papai. O diagnóstico teimava em ser impreciso e o prognóstico era cada vez mais sombrio. Sífilis também? Nada era improvável. E sobrevinha o medo das complicações, ao lado do fantasma da tuberculose que rondava a família e ostentava o rol macabro dos antecedentes.

No quarto lá em cima, as mãos crispadas no peito, Mamãe tinha tonteiras e desmaios, tremores e delírios — e ainda tinha forças para um choro convulso, entremeado de soluços de cortar o coração. Puxava a cabeleira molhada de suor. Divagava, desmaiava. Dura, inconsciente, os seus ossos estalavam. A febre queimava os lençóis. Na cabeceira da cama se amontoavam as medalhas milagrosas, os bentinhos e as relíquias. Na alcova ao lado foi armado um oratório com o Cristo da Cana Verde, com uma lamparina acesa aos seus pés. Na vã tentativa de aliviar as dores, o quarto dispunha agora de outra cama, bem alta e dotada de dispositivos que nem o hospital conhecia. As tias manejavam a manivela dia e noite, para baixo, para cima, sem resultado.

Sob os lençóis, ou já sem recato, Mamãe fazia as suas necessidades na comadre esmaltada. A muito custo vertia a sua ameaçadora urina cor de cobre. Junto da lâmpada vermelha na cabeceira, a campainha em forma de pera tinha de estar ao alcance de sua mão. Ignorava a presença de quem estivesse no quarto e tocava a campainha, que soava nervosa na copa e na cozinha. Identificava pelo tato o rosário com bênção especial do Papa. Junto do abajur, a garrafinha com água de Lourdes garantia a proteção da pequena Teresa do Menino Jesus.

— Coitada, é uma santa — e com jeito tia Vera pregava mais um *Agnus Dei* na camisola que acabava de ser trocada.

Como nunca ninguém sofreu tanto assim, imóvel na cadeira de balanço, Papai sonhava com sumidades médicas que mandaria buscar onde quer que estivessem. Depositava os óculos no colo e, olhos fechados, tomava sal amargo. Interrogava calado os desígnios do céu. Na penumbra de dentro de casa, as cortinas empoeiradas pesavam até o chão, sempre fechadas. Todo mundo instalou na garganta uma surdina. A nova copeira foi mandada embora porque teve o descaramento de soltar uma gargalhada. Quem podia rir entre tantas dores?

Chinelas de feltro, as dolorosas tias subiam e desciam as escadas, no leva-e-traz de emplastros, garrafas, vidros e pacotes de algodão e gaze. Com um fiapo de voz, tia Dulce cochichava que talvez fosse o caso de um cataplasma de mostarda. O dorso curvo, meio corcunda, tia Vera não podia deixar de concluir a novena do Senhor Morto. De madrugada as duas tropeçavam no escuro uma na outra, entre sustos e sobressaltos. Aflitas, esperavam pelo nascimento do sol, como se com o dia todas as ameaças se retirassem para longe da nossa casa.

Porque Mamãe estava doente, almoçávamos depressa e mal. Papai, inapetente, ouvia insistentes apelos e não se alimentava. O apetite podia ser um insulto em casa de tanto sofrimento. Era preciso impedir que o aroma do café recém-passado se espalhasse para além da cozinha. Seria uma falta de respeito logo pela manhã. De dia e de noite, chás, papas e mingaus aguardavam a hora de serem levados para cima. Mamãe não dispensava o seu pirão de farinha, sua canja insossa, seus caldos engrossados.

Prescrito o regime de superalimentação, tudo foi feito com todo cuidado, mas Mamãe se recusava a comer. Diante da bandeja em cima do tabuleiro, as tias suplicavam que comesse. Apalpasse o seu ventre murcho. Nos quadris os ossos estavam à mostra. Arrastada pelas tias escada acima, a Encarnação ia dizer que tinha conseguido um tempero inocente. Não iria contrariar as ordens médicas. Mas a Dona Maria não achava sabor em nenhuma iguaria e tinha medo de congestão. Tirassem tudo da frente dela, que já estava suando frio.

Só depois de terminada a batalha no andar de cima, começava embaixo o almoço dos que não estavam doentes. Uma Pietà pendia da parede e, num silêncio constrangido, ninguém confessava a própria fome.

— Passe a abobrinha — dizia um e logo se envergonhava.

Tia Vera comia escondido na cozinha e se lamuriava com a mão no queixo — não tinha o menor apetite. Tia Dulce lambiscava o dia todo e insistia com Papai para que comesse ao menos um pouquinho da sobremesa — pela Santíssima Virgem Maria, por Nossa Senhora da Conceição, pelo Senhor do Gólgota e pela sua coroa de espinhos. Doente, bastava Mamãe naquela casa. Havia muito o jantar tinha sido esquecido. Todos evitavam se sentar à mesa para o inconcebível festim. Cada qual comia para o seu lado — na cozinha ou na copa, sentado numa ponta de tamborete ou em pé. Passava despercebida a hora vergonhosa de matar a fome. Sem molhos ou requintes, todos se despachavam. Se Papai rodava a colherinha na xícara de café requentado, logo se desculpava com um olhar fúnebre.

Recolhido ao escritório tarde da noite, só o chamavam em caso de necessidade. Uma crise de falta de ar, uma palpitação que podia precipitar o desenlace. Uma dúvida na administração do xarope e da poção. Um curativo mais delicado. Punha a seringa para ferver e aplicava a injeção de coramina. Óleo canforado, murmuravam as tias. Calmantes e analgésicos, fricções e escalda-pés vinham acompanhados por palavras de conforto e súplicas de voz embargada. Crises, cólicas, suores noturnos. Acessos de tosse, vertigens ou dispneias — à noite tudo podia acontecer.

De plantão até tarde, Papai dormia sobressaltado, entre gemidos e suspiros que o silêncio da noite levava por toda a casa. Então se recolhia ao escritório, a porta fechada. Ninguém queria que se sacrificasse. As tias queriam poupá-lo para as horas difíceis. Tudo era motivo de alarme. A campainha da porta foi desligada desde o momento em que quase provocou um desastre fatal. Mamãe despertou com ânsias de vômito e calafrios.

A doente tinha de ser preservada. Nenhuma preocupação podia chegar até ela. Não perguntava por mais ninguém. Vivia só para a sua doença. Seu martírio, coitada. Sua flagelação. Hora a hora, um dia depois do outro, o tempo, imóvel, tinha sido coagulado. Só tia Vera ainda ousava animá-la: ia ficar boa, já convalescia. Mas como tia Dulce, sabia de cor o ofício dos agonizantes e aguardava o *dies irae*. O vigário espaçava as visitas para o viático. A misteriosa hóstia branca no radioso cibório. Chegou a época da visita do Senhor Bispo à paróquia e ele veio abençoar a enferma e consolar os aflitos.

— Desta cama só para o túmulo — Mamãe choramingou.

Avisados com antecedência, recebemos a consoladora visita episcopal. Vermelhas vestes, sapatos de fivela, respeitoso anel, o Senhor Bispo se acomodou na sala de visitas, que se abriu para recebê-lo. Um chá-da-índia caprichado lhe foi servido na melhor porcelana. Aceitou um fino licor de jenipapo, da melhor frasqueira. Afável, o Senhor Bispo dispensava a genuflexão e se deliciava com o doce de coco com ovo, uma especialidade da Encarnação. Mas isto foi de outra vez. Os dedos melados, o Senhor Bispo me afagou, paternal, as bochechas espantadas.

— Deus é grande — murmuravam as tias, enquanto na rua juntava gente por causa da visita do Senhor Bispo. Era uma fineza muito especial para com a Dona Maria e para com toda a família. Ninguém mais duvidou de que Mamãe estava gravemente enferma. Seus males resistiam a todos os recursos da ciência médica. Parentes e amigos multiplicavam as promessas e as novenas. Nossa Senhora Visitadora veio com a sua capa prateada, subiu as escadas e foi devotamente exibida à doente.

A casa recendia a lírio, dama-da-noite e jasmim. Ao pé do Sagrado Coração de Jesus foi posto um ramo de rosas. Fortalecida a fé pela visita do Senhor Bispo, à noite rezávamos o terço. Duas ou três beatas foram admitidas, por sugestão do vigário. Mas não passaram do andar de baixo e tia Vera lhes pediu que rezassem baixinho. E nada de cantoria, para não perturbar o repouso da pobre sofredora. A lâmpada de azeite estalejou noite adentro e, no dia seguinte, a vida prosseguiu em sua pesada rotina. Porque Mamãe estava doente, tudo era triste, opaco e funesto.

Menos o sabiá que ganhei de presente do meu padrinho. Um sabiá graúdo e animado como nunca vi igual. Horas entretido com ele, esqueci até de almoçar, como disse tia Vera. Mamãe tão doente e eu perdendo tempo com um passarinho — tia Dulce achou que era pecado. Papai não se abalou para ir vê-lo. Mas ainda assim achou que estava deslocado numa casa envolvida pelas sombras da morte.

Espadanejando asas e penas contra as varetas da gaiola, o bico aberto, algumas horas depois o sabiá só queria fugir da prisão. Em vão tentei acalmá-lo. Desprezou a talhada de mamão e nem olhou para o alpiste que lhe ofereci. Piava triste e zangado, arrepiava as penas e só pensava em fugir para bem longe. Primeiro arisco, depois encorujado, sujava a gaiola e o chão que ficava à sua volta. Quando a Encarnação ameaçou soltá-lo, mudei a gaiola para o meu esconderijo no fundo do quintal.

Sem cantar nem piar, o sabiá gigante acabou esquecido. As tias nunca mais o viram. Um gato podia ter dado cabo dele, se a Encarnação não tivesse chegado a tempo. Mas chegou na horinha e daí para a frente tomou apego ao sabiá. Não tinha mais que fazer café e quitandas para receber as visitas, cada vez mais escassas. De raro em raro aparecia um parente e se contentava com o licor de tamarindo que tia Dulce fechava no guarda-louças. Ninguém tomava como desfeita a acolhida chocha. Os vizinhos mandavam as criadas indagar como ia passando a Dona Maria — e desejavam sem convicção melhoras para a pobre senhora. Uma velha parenta mandou da fazenda uma tradicional estampa da descida da Cruz.

Tomando cuidado para não misturar mezinhas, cápsulas e comprimidos, as tias subiam apressadas em silêncio e desciam ansiosas recitando jaculatórias. Por qualquer coisinha Mamãe revirava os olhos e se agarrava com a relíquia de Santa Rita de Cássia. Voz firme, tia Vera lia a bênção especial mandada pelo Monsenhor Horta. Uma vizinha fez o favor de enviar uma garrafada em que muita gente vinha fazendo fé — da Santa Manuelina dos Coqueiros. Mais uma vez Mamãe se despedia da vida. Os galos cantando, os cães latindo, ao amanhecer mais uma vez Mamãe vencia a morte.

Para o caso de necessidade, a Encarnação sabia onde estava a vela de cera do santuário de Congonhas do Campo. Acreditava, convicta, nas suas rezas fortes, mas as tias já tinham marcado com uma fitinha roxa o ofício dos mortos. A roupa da defunta jazia pronta no mesmo armário em que se encontravam os tocheiros. A qualquer hora o médico e o padre podiam ser chamados. Mamãe, porém, resistia.

Resistiu à tempestade que sacudiu as portas e janelas e transformou a casa num navio que naufragava. Santa Bárbara e São Jerônimo tinham nos abandonado à nossa própria sorte. Mamãe chorava, imprecava, maldizia a natureza indiferente à sua dor. No telhado a água escachoava. Postado na janela, Papai espiava lá fora a violência do enxurro. Tia Dulce lá em cima beijava a mão fria da Mamãe e jurava que tudo ia passar num minuto. Pela manhã continuava a chover. Papai calçou as galochas, enfiou a capa de gabardine e o chapéu de feltro. Só voltou à noite e ninguém ousou perguntar onde tinha ido.

Até que um dia, numa hora banal e preguiçosa, tendo a Encarnação cozinhado um ensopado de carne com moranga, quando nada fazia prever uma mudança de rumo nos acontecimentos, sozinha no quarto, cochilando serena, Mamãe exalou o último suspiro. Sem vela na mão, sem ofício dos mortos, sem bispo, sem padre e sem sacristão. Sem qualquer despedida, descansou. A notícia correu pela cidade e logo começaram a chegar as primeiras visitas.

Agradecendo com polido controle cada abraço de pêsames, subitamente de preto como se tivesse preparado o viúvo que ia ser, Papai tomou sozinho todas as providências para o velório e o enterro. A Encarnação acendeu na cozinha o forno e o fogão. Tinha de se prevenir para receber os que vinham fazer quarto pelo resto do dia e entrariam pela comprida noite solidária.

Surpresas, como se nunca tivessem esperado tamanho choque, as tias lastimavam não ter havido tempo para chamar o padre. Rezando a duas vozes, lavaram, perfumaram, vestiram e enfeitaram a defunta. Rosto lívido, mãos nervosas, nariz pontudo, boca amarga, Mamãe afinal deixou o refúgio do andar de cima. Não vi como desceu a escada, nem como chegou à sala, já com os tocheiros acesos. O vigário mandou logo cedo o grande Crucifixo que tinha prometido. As tias tinham certeza de que o Senhor Bispo viria para as exéquias.

Esquecido de todos, querendo ficar sozinho, saí pelos fundos da casa e só então dei com o sabiá de novo emplumado, saltitante na gaiola, em plena aleluia. Até que enfim tinha começado a cantar.

Otto Lara Resende

COM TODAS AS LETRAS

Nas páginas seguintes, conheça
a vida e a obra de Otto Lara Resende,
autor dos contos deste livro.

Um sujeito bom de papo

Ainda jovem, Fernando Sabino fez uma quadrinha, de brincadeira, para o amigo Otto Lara Resende: "Aqui jaz Otto Lara Resende / mineiro ilustre, mancebo guapo. / Deixou saudades, isso se entende: / Passou cem anos batendo papo". Já Nelson Rodrigues, também seu amigo, dizia sobre ele: "A grande obra de Otto Lara Resende é a conversa. Deviam pôr um taquígrafo atrás dele e vender suas anotações em uma loja de frases". Ambas as declarações demonstram a admiração por sua inteligência e pela elegância com que trabalhava as palavras, dons tão característicos desse mineiro de São João Del Rey que conviveu com as figuras mais ilustres da cultura brasileira.

Otto de Lara Resende nasceu em 1922, ano da Semana de Arte Moderna. Com 16 anos, transferiu-se para Belo Horizonte, onde se formou em Ciências Jurídicas e Sociais pela Universidade Federal de Minas Gerais. Em 1945, fixou residência no Rio de Janeiro, onde ocupou diversas e importantes funções na área do jornalismo. Ao longo da vida, foi colaborador em revistas e jornais da capital mineira, do Rio de Janeiro e de São Paulo. Estreou ficcionalmente em 1952, com a publicação do livro de contos *O lado humano*. Várias outras publicações se seguiram, sempre bem recebidas pela crítica e pelo público.

Em 1979, foi eleito membro da Academia Brasileira de Letras. Contratado como colunista do jornal *Folha de S. Paulo*, em 1991, chegou a escrever 600 crônicas, em menos de dois anos.Otto Lara Resende morreu em 1992, na cidade do Rio de Janeiro.

Nome completo Otto Oliveira de Lara Resende

Data e local de nascimento 1º de maio de 1922, em São João Del Rey (MG)

Lugares em que morou Belo Horizonte (MG), Rio de Janeiro (RJ), Bruxelas (Bélgica), Lisboa (Portugal)

Atividades que exerceu jornalista, professor de francês, funcionário público, adido cultural. No Rio, trabalhou em diversos jornais, como *O Globo* e *Jornal do Brasil*. Em São Paulo, foi cronista da *Folha de S.Paulo*.

Gêneros literários que praticou conto, romance, novela, crônica

Principais obras *Boca do inferno* (contos, 1957); *O braço direito* (romance, 1963)

Data e local de falecimento 28 de dezembro de 1992, no Rio de Janeiro (RJ)

Com a palavra, o autor

Na entrevista a seguir, o escritor mineiro fala sobre o desejo de tentar decifrar os enigmas da vida e a sua eterna vontade de recomeçar.

Conte-nos quando foi a primeira vez que lhe deu vontade de escrever um texto literário.

Nasci atacado de grafomania, ou seja, desde cedo quis escrever e escrevi. Como todo mundo, escrevi poesia. Fabriquei sonetos duríssimos, a martelo. Eu era menino de colégio e procurava imitar os sonetistas que lia. Vi logo que não era poeta. Quanto à prosa, comecei também cedo. Tive um diário. Escrevi contos ainda no colégio e os reuni num suposto livro, que nunca foi publicado. Coisa imatura. Aos 17 anos, a caminho da universidade, comecei a escrever assinado na imprensa. Estava mordido pela serpente literária.

A sua juventude, então, foi marcada por essa serpente?
É. O desejo de escrever estava ligado ao desejo de ler, de indagar, de entender os enigmas da vida. Só vale a pena escrever o que circula pelo nosso sangue — sentenciei. Fui um jovem bastante sentencioso. E muito inquieto. A inquietação me levou às descobertas — boa fase —, dentre as quais a melhor delas foram livros e amigos. Devo isto à minha paixão literária.

A maioria dos seus livros é de contos. Como você definiria esse gênero literário?
Nunca quis ser autor de obra extensa. O conto se adequava mais ao ritmo urgente da minha vida, profissionalmente muito ocupada. Tenho tendência para a prolixidade e preciso me policiar. Um conto é a suma de um momento expresso em linguagem ficcional. Como o poema, tem de ser pessoal, capaz de dar notícia do universo do autor.

Suas histórias são tristes, mas quem o conhece diz que você tem uma exuberante alegria de viver. Como é isso?
A morte aparece em minhas histórias porque é o único assunto importante de quem está vivo. Sem a morte, a vida não teria sabor. Somos incompletos porque morremos. Para nos completar, tentativa inútil, escrevemos. Ou fazemos arte. É a morte que nos empurra e nos desafia. Procuro encarar a vida com senso de humor. A vida é boa, como disse o pessimista Machado de Assis.

Você foi amigo de grandes escritores. Mário de Andrade, por exemplo: como foi a sua amizade com ele?
Efêmera, porque ele morreu em 1945 quando eu tinha 22 anos. Mas valeu. Foi dele que me veio a ideia de escrever

"um livro de contos" com unidade — até chegar a um livro. Posso dizer que me honro de ter contado entre os amigos alguns dos maiores escritores e poetas do meu tempo.

Em 1992, você comemorou 40 anos de vida literária desde o seu primeiro livro, *O lado humano* (contos). Como se sentiu? Houve muita comemoração?
Não. Aliás, nem sabia disto, até que me veio esta pergunta... Como me sinto? Profundamente irrealizado, com um gosto terrível de incompletação e uma tremenda vontade de me reinaugurar. De começar. Há um velho em mim que não sou eu.

A recriação do cotidiano

O cotidiano deveria ser a expressão mais simples da vida humana, aquilo que é habitual, previsível, sem refinamentos. Como, então, recriá-lo e transformá-lo em ficção? Essa é a tônica da obra de Otto Lara Resende.

O cotidiano que ele nos permite enxergar não é real, mas um fingimento mais que realista. Nada poderia se parecer mais com uma cena do dia a dia do que a perseguição e o massacre de um animalzinho indefeso: no conto "O gambá", somos levados ao extremo do horror ao nos sentir em sua pele. Ou quando nos sentimos sufocados, como que sepultados com a mãe agonizante do conto "Mater dolorosa".

Provavelmente, essas cenas não nos causariam tanto impacto, caso as presenciássemos em vez de as ler. Isso porque o escritor é capaz de nos colocar onde bem deseja, vivendo as situações com os personagens.

Otto Lara Resende combina elementos que raramente coexistem na composição ficcional. Mestre na arte de tramar histórias, recorre com a mesma fluência ao disfarce de cotidiano, característico da crônica, e ao encanto da palavra, próprio da poesia. É bastante marcante no estilo do autor o uso esmerado da linguagem, de forma bem talhada. Sua sintaxe é impecável. Seus textos revelam uma tensão constante na narrativa, que sempre privilegia a emoção. São verdadeiros contos de atmosfera, pois o que a narrativa registra com sensibilidade incomum não são tanto os fatos propriamente ditos, mas as reações que estes provocam nas pessoas.

Isso acontece especialmente nas obras *O retrato na gaveta* e *As pompas do mundo*, nas quais a forma sintética do conto é explorada. Nas histórias desses livros, o enredo ocupa importância secundária e a emoção se vê privilegiada no retrato dos personagens. Também o seu romance *O braço direito* caracteriza-se pela análise subjetiva. Em *Boca do inferno*, a visão aguda do escritor penetra no íntimo de um grupo de meninos e meninas que revelam em seu comportamento o lado cruel da infância.

Em tudo o que Otto escreve pode-se vislumbrar um toque de ironia. Seus personagens não lutam contra forças externas e superiores, e nem sequer contra o destino — e sim contra eles mesmos. Ler as obras de Otto Lara Resende proporciona ao leitor ter acesso à sua singular visão da realidade.

De *Boca do inferno* e de *O retrato na gaveta* foram extraídos vários contos desta antologia. *O braço direito* é o único romance do autor.

Obras do autor

O lado humano (contos). Editora A Noite, 1952

Boca do inferno (contos). José Olympio, 1957 (pela Companhia das Letras, *A boca do inferno*)*

O retrato na gaveta (contos). Editora do Autor, 1962 (Editora Livros do Brasil)

O braço direito (romance). Editora do Autor, 1963 (Companhia das Letras)

A cilada (conto). Publicado em *Os sete pecados capitais* (com Guimarães Rosa, Lygia Fagundes Telles, Mário Donato e outros). Civilização Brasileira, 1964

As pompas do mundo (contos). Rocco, 1975

O elo partido e outras histórias (contos). Ática, 1991

Bom dia para nascer (crônicas na *Folha de S.Paulo*). Companhia das Letras, 1993

O príncipe e o sabiá e outros perfis (coleção de perfis, necrológios ou elogios relativos a pessoas que fizeram parte, em algum momento, da vida do escritor mineiro). Companhia das Letras/ Instituto Moreira Salles, 1994

A testemunha silenciosa (novelas). Companhia das Letras, 1995

---

* Entre parênteses estão anotadas as editoras que posteriormente publicaram os livros.

Referências bibliográficas dos contos

Os contos de Otto Lara Resende que compõem esta antologia foram extraídos das seguintes edições:

RESENDE, Otto Lara. *Boca do inferno*. Rio de Janeiro, José Olympio, 1957 ("Namorado morto").

———. *O retrato na gaveta*. Lisboa, Editora Livros do Brasil, 1969 ("O gambá", "Gato gato gato", "Todos os homens são iguais" e "O retrato na gaveta").

———. *As pompas do mundo*. Rio de Janeiro, Rocco, 1975 ("O elo partido" e "Mater dolorosa").